書下ろし

八丁堀殺し

風烈廻り与力・青柳剣一郎③

小杉健治

祥伝社文庫

目次

第一章　奉行所騒然

一

寺の境内《けいだい》に咲く桜花が強風に散りはじめた。

風烈廻り与力青柳剣一郎《あおやぎけんいちろう》は同心の礒島源太郎《いそじまげんたろう》と只野平四郎《ただのへいしろう》を伴い、朝から市中の見廻りに出ていた。

普段は同心に任せているが、きょうのように風の強い日には剣一郎も見廻りに出る。

強風の日の見廻りは楽ではない。風は砂塵を巻き上げる。江戸の町の土埃《つちぼこり》は半端ではない。火の見櫓《やぐら》から土煙を見て、火事だと勘違いして大騒ぎをしたこともある。

このような日こそ、付け火など不逞《ふてい》の輩《やから》が何かを企んでいるやもしれず、その警戒のため市中の見廻りは欠かせない。

塀の傍《そば》に燃えやすい物を積んでいる商家に注意を与えたり、不審者に声をかけたりしながら、浅草《あさくさ》から神田《かんだ》に差しかかったときには家々の屋根が闇に溶け込んでいた。

夕刻より風も収まってきており、剣一郎の足は奉行所に向かっていた。

強風が埃を払って空気が澄んだのだろう、星が輝いて見えた。

京橋《きょうばし》の袂《たもと》に差しかかると、右手より京橋川沿いの道を歩いてきた当番方与力原金之助《はらきんのすけ》に出会った。継上下《つぎがみしも》姿で槍持ち、草履《ぞうり》取り、挟箱《はさみばこ》持ちに若党を引き連れている。八丁堀《はっちょうぼり》の役宅に帰るところだ。

原金之助も剣一郎に気づいて立ち止まって頭を下げた。

「金之助。きょうもお役目ご苦労」

剣一郎は声をかけた。掛かりが違うが、同じ三番組に属している。また当番方は新参の与力が務める役で、原金之助もまだ二十四歳と若い。

「はい。お先に失礼させていただきます」

「早く可愛い妻女どのに顔を見せてやりなさい」

剣一郎は所帯を持ったばかりの金之助に声をかけた。金之助の妻は慎《つつ》ましやかな女性で、恥じらうと雪のような色白の顔がほのかに紅《あか》く染まる。可憐でいながら万事に気配りが行き届き、八丁堀でも評判の妻女である。

「は、はい」

金之助は夜目にも顔を赤くした。

「それでは失礼いたします」

金之助の一行はそのまま竹河岸《たけがし》に沿って八丁堀の組屋敷に向かった。

金之助を見送りながら、

「平四郎も早く帰りたいか」

と、笑いながらきいた。

「いえ、私は一年経ちますからそんな時期は通り越しました」

只野平四郎があわてて言う。

「無理しなくていい。所帯を持って一年ならまだ初々《ういうい》しいのではないか」

「そうだ。私など、子どもが出来たら、まったく相手にされぬ」

礒島源太郎がぼやくように言った。

「子どもとて、いつかは親の元から巣立って行く」

剣一郎は最近とみにおとなびてきた伜剣之助《せがれけんのすけ》のことを思い浮かべた。そして、今朝方出仕したおり、年番方与力の宇野清左衛門《うのせいざえもん》に呼ばれ、そろそろ剣之助を見習いに出したらどうだと言われたことを思い出した。

剣一郎三十六歳。まだまだ与力の職を伜に譲るほどの歳ではないが、剣之助といっしょに奉行所に勤めるのは夢であっただけに剣一郎にとってはうれしいことだった。

多恵《たえ》も喜ぶであろうと妻のことを思いながら、

「さあ、行くぞ」

と、剣一郎は声をかけた。

「はい」

再び、歩きはじめ、そのまま京橋を渡った。

渡り終えたときだ。悲鳴が聞こえ、剣一郎は足を止めた。

竹河岸のほうからだ。すぐに踵《きびす》を返し、剣一郎は駆け出していた。

橋を戻り、右に折れ河岸伝いを走った。一杯呑み屋から何人か飛び出してきている。その前を、剣一郎をはじめ同心たちも疾走した。

「旦那さま、金之助さま」

小者たちが倒れている男にしがみついていた。倒れているのは原金之助だった。

「賊はどっちへ逃げた?」

剣一郎はうろたえている中間《ちゆうげん》にきいた。

「炭《すみ》町の角を曲がって行きました。深編笠の侍です」

礒島源太郎と只野平四郎が走った。

剣一郎は倒れていた金之助に駆け寄った。

「金之助、しっかりしろ」

剣一郎は肩を抱き起こした。肩から血が噴《ふ》き出し、剣一郎の羽織を汚した。右肩から袈《け》裟《さ》懸《が》けだ。

「金之助」

剣一郎は大声で呼びかけた。

「しっかりせえ。妻女が待っているぞ」

唇が微《かす》かに動き、剣一郎の腕を強く摑《つか》んできた。

「なんだ？」

剣一郎は耳を近づけた。

「………」

妻女の名を呼んだようだが、声にならなかった。

金之助は絶命した。

「金之助……」

いきなり襲われ、金之助は刀を抜く間もなかったのであろう。剣一郎は金之助の刀を鞘《さや》から抜いて、金之助の右手に握らせた。

足音が近づき、礒島源太郎と只野平四郎が戻って来た。

「申し訳ありません。見失いました」

源太郎が言ったあとで、

「原どのは？」

剣一郎は首を横に振った。

源太郎と平四郎が同時に悲鳴のような声を上げた。

「いったい、何があったのだ？」

剣一郎は金之助の小者に問い質《ただ》した。

「柳の木の陰に佇《たたず》んでいた深編笠の侍が一言も発せずに近づいて来て、ふいに腰を落としたかと思うと、旦那さまが斬られておりました」

「腰を落としたあとに斬られた？」

どうやら、居合を使うようだ。

金之助に恨《うら》みでもあったのか。しかし、金之助は他人から恨みを買うような人間ではない。

周囲を見渡した。新月で月はなく、辺りは暗い。剣一郎は柳の木の傍に行き、そこから倒れている金之助のほうを見た。

果たして、狙《ねら》いは金之助だったのか。人違いということはないのか。

「青柳さま。こんなものが」

源太郎が金之助の倒れている場所から少し離れたところに、小石を重しにして紙が置いてあるのを見つけてきた。

「なんだ、これは」

剣一郎は紙に書かれた文字を見た。

そこに、「熊」と書いてあった。

「熊とはなんでしょうか」

「襲撃者の名でしょうか」

「しかし、襲撃者の名だとしたら、なぜそんなものを残すのでしょうか」

源太郎と平四郎が口々に言う。

「問題はこんなものを置いて行った理由だ」

ことは単純ではないかもしれない、と剣一郎は思った。


翌日、剣一郎は多恵と共に、原家に弔問に訪れた。金之助の死を悼《いた》むかのように、朝から雨が降っていた。

北枕に横たえられた金之助の顔に白い布がかぶせられ、掛け布団《ぶとん》の上に短刀が置かれている。頭の上に逆さ屏風《びょうぶ》、長い線香が煙を上げている。枕元に新婚間もない妻女が呆然《ぼうぜん》と座っており、弟の金次郎《きんじろう》も傍らで涙を堪《こら》えていた。

金之助の妻女は食事もとらず、眠りもせずに遺体につきっきりだという。美しい目の縁に隈《くま》が出来、雪のように白い顔は蒼白くなっていた。

金之助は与力だった父が引退した二年前から跡を継いで与力になっていた。当番方与力として公事訴訟《くじ》の受付や宿直《とのい》などの役目をこなしてきたのだ。

線香を手向《たむ》けたあと、別間で金之助の父原金三郎《きんざぶろう》に頭を下げた。

「私が近くにいながらこのようなことになって無念でございます」

「なんの。これも金之助の武運の拙《つたな》さ。それより、青柳どの。ご配慮、かたじけのうございます」

金之助の剣を抜いておいたことを言っているのだ。小者から聞いたのであろう。刀を抜く暇もなく斬られたのではなく、果敢に闘って斬られたという形にしておいたのだ。

「青柳さま」

弟の金次郎がやって来た。兄金之助によく似た顔だちだ。特に切れ長の目などはそっくりだった。

「いったい何者が兄をこのような目に」

金次郎の目に涙が滲《にじ》んでいた。

「これ、金次郎。うろたえるでない」

鬢《びん》に白いものの目立つ父親は気丈に振る舞っている。が、内心では悲しみと闘っているのだということはわかる。

「金次郎どの。今懸命に探索しております。きっと犯人を見つけ出します」

剣一郎は犯人への怒りを抑えて言った。

「兄は他人から恨みを買うような人間ではありませんでした。心のやさしいひとでした」

「我々もよく知っています。金之助どのを悪く言う人間はひとりもおりません。公事訴訟にやって来る町の者からも金之助どのの評判がよいということを聞いております」

剣一郎はやりきれなかった。

「金次郎。世の悪に立ち向かっている者はどんな逆恨みを買っているやもしれぬ。金之助も何度か捕物出役に携《たずさ》わったことがあるのだ。その際に勝手に恨みと思っている者もおるやもしれぬ」

父親が諭《さと》すように言った。

逆恨みということも考えられるが、それより気になるのが「熊」という文字。

「熊という名のつく者に心当たりがございませんか」

「熊とな」

父親は首を横に振った。金次郎もまた心当たりがないと答えた。

剣一郎は再び金之助の傍に行き、もう一度線香を手向けた。多恵が金之助の妻女を励ましていた。

原家の門を出た。雨は相変わらず降っていた。

帰宅し、着替えてから、多恵のいれてくれた茶を飲みながら、

「あの妻女はこれからどうするのであろうな」

妻女の行く末を心配した。

「とてもしっかりした方ですよ。私もこれから支えてあげますから」

「うむ」

剣一郎は茶碗を置いて立ち上がった。

障子を開いて縁側に出た。雨は一段と激しくなったようだ。庭の杏《あんず》の花が雨に打たれている。

剣一郎の左頬に痣《あざ》がある。古い刀傷が青痣となっており、穏《おだ》やかな顔だちに精悍《せいかん》さを与えている。その青痣が微かに疼《うず》いた。

(金之助、必ず仇《かたき》をとってやる)

悲しみを堪え、剣一郎は雨の向こうに見えぬ敵を思い浮かべていた。

二

呑んだくれて長屋に帰って来た。油障子を開けて狭い土間に足を踏み入れたとたんに蹴《け》躓《つまず》いてよろけた。

「伊助《いすけ》。なんてざまだ」

いきなり外で声がした。

「誰でえ」

むかついて振り向くと、霞《かす》んだ目にえらのはった顔が映《うつ》った。

「あっ、親方」

神田旅籠《はたご》町の指物《さしもの》師の英五郎《えいごろう》だった。

あわてて体をしゃきっとさせたが、体が揺れている。

「八王子《はちおうじ》から戻って来た頃だと思って来てみりゃ、何てざまだ」

伊助はいっぺんに酔いの醒《さ》める思いがした。

「親方。上がってくんなせえ」

伊助は三畳間の部屋に上がり、火鉢の消し炭を熾《おこ》した。

英五郎は上がり框《かまち》に腰をおろし、新しい炭をくべている伊助にきいた。

「お新《しん》さん、どうなんでえ?」

火箸《ひばし》を動かす手を止め、伊助はうなだれた。

「もういけねえ」

「そんなに悪いのか」

「医者は朝鮮人参を呑ませれば治るかもしれねえと。そいつを手に入れるには五両かかるといわれました」

「五両だと?　ずいぶんべらぼうな金じゃねえか」

「江戸に戻り、質屋や金貸しのところにまわってみやした。でも、五両なんて貸してくれるところはあるはずはねえ。俺には無理だ。出来っこねえ」

伊助は悔しそうに吐き出した。

「貧乏人は死ななきゃならねえってことです」

「それで、やけ酒か。ばかやろう。どうして、てめえはそうなんだ。五両、歯を食いしばってでも作ろうって料簡にはならねえのか」

「したって」

「お新がこんなになったのは自分のせいだと、おめえは言ったな」

英五郎が責めた。

「俺の博打《ばくち》がお新を狂わしちまった。お新をこのままに見捨てることは出来ねえ。だから、八王子に行かせてくれと言ったのは、どこのどいつだ?」

「親方」

伊助は酔いもすっかり飛んで、畳に額をくっつけた。

「俺だってお新を助けてえ。でも、五両なんて金、どう鯱《しやつちよこ》立ちしたって無理だ」

「まだ、そんなこと言ってやがんのか」

英五郎は眦《まなじり》をつり上げた。

「俺はな、自分を裏切った女なのに、どうしても助けてやりてえと言う気持ちに胸が打たれ、おめえの力になろうとしたのだ。それなのに、金がかかるからもう助けてやれねえとは何て情けねえ言い種《ぐさ》だ」

へい、と伊助が小さくなった。

「いったんそう思ったのならどんなことをしてでも助けろ。恥《はじ》も外聞もねえ。どんなに拝み倒してでも知り合いに金を借りてこい。こつこつ仕事して返していくんだ。いいか。おめえは真面目にやればいい仕事をするんだ。俺もなんとかする」

「親方」

伊助は顔を上げた。

「わかりやした。あっしは端《はな》から無理だと思い込んで金を作ろうとしなかった。情けねえ。親方、明日から金策に走り回ります」

「そうだ。最後まで諦めちゃだめだ。ただな、誰が黙って大金を貸してくれるものか。俺が言いてえのはおめえには腕がある。その腕で金を借りろと言うのだ」

「腕で？」

「おめえの作った細工物を気にいってくださるお客さんもいるじゃねえか。おめえが一世一代の物を作るということで金を借りるんだ」

「あっしの腕を買ってくれるひとなんておりましょうか」

「小石川白壁町《こいしかわしらかべ》にある唐物屋『長崎屋《ながさき》』の旦那だ。惣右衛門《そうえもん》どのはたいそうおめえの腕を買っていなさった」

いつか長崎屋の主人に頼まれて小箱を作ったことがあった。ほとんど伊助がやったのだ。仕上がったものを見て、長崎屋の旦那は出来ばえに感心して心付けを寄越したと、親方から聞かされたことがあった。

「どうだ。長崎屋さんに頼んでみちゃ。確か、今度も何か作ってもらおうって仰《おっしゃ》っていた。長崎屋さんに頼んでみろ」

「あの旦那なら」

と、伊助は期待に胸を膨《ふく》らました。

「親方、さっそく明日頼んできやす」

「そうしろ。他の仕事は俺たちで何とかする。おめえは長崎屋さんの希望通りの物をつくりあげるんだ」

「親方、すまねえ」

「よし、これで決まった。なあに、俺はおめえの心意気に感心したのよ。自分を捨てた女のためにそこまでするとはなかなか出来ることじゃねえ」

親方は立ち上がってから、

「俺もいっしょに行って頼んでやりてえが、あいにくと明日は急ぎの注文を受けちまっている」

「とんでもねえ。あっしが誠心誠意を尽くして長崎屋の旦那に頼んでみます」

伊助は明るい兆《きざ》しに胸を弾ませ言った。

翌日、伊助は神田佐久間《さくま》町三丁目の長屋を出て小石川白壁町に向かった。

お新のためになんとしてでも金を用意しなければならねえ。伊助の激しい思いが顔に出ていたのか、すれ違うひとが気味悪げに道をよけた。

伊助の女房お新は二年前に男を作って家を出て行った。相手の男はときたま長屋にも顔を出す小間物屋の春吉《はるきち》だった。

春吉は細面《ほそおもて》で色白で、唇の紅い女のような顔だちだが、切れ長の目の奥に冷酷そうなものが窺《うかが》えた。

まさか、そんな男にお新がなびくとは思いもしなかった。

お新が愛想を尽かしたのは伊助の博打にあることは間違いない。最低限の暮らしの金をお新に渡しただけで、稼ぎのほとんどは博打に消えた。

親方に何度もお小言を頂戴した。そのたびに、博打と縁を切ろうと決意するのだが、しばらくするとまた血が騒ぎ。博打場に通った。

そんな暮らしにふと魔が差したのか。あるいは伊助に愛想尽かしたのか。ちょうど二年前の三月、家に帰ってみるとお新の姿はなく、畳の上に置き手紙。お世話になりましたとの言葉だけが書いてあった。

二日、三日経ってもお新は戻らず、それから狂ったように探し回り、やっとわかったのが、小間物屋の春吉と駆け落ちしたらしいとの噂《うわさ》。

それから春吉のところに行ってみた。春吉は別の女から金をだまし取り、そのまま江戸を離れたらしいと聞いた。

お新のいない長屋で、伊助は胸を掻《か》きむしった。お新への未練と裏切られた怒りがないまぜになって伊助を苦しめた。

お新とは惚《ほ》れていっしょになったのだ。

所帯を持ってから五年になる。

所帯を持って半年後、得意先の番頭からちょいと誘われて手慰《てなぐさ》み。ところがつきについて七両という金を得てから病み付きになってしまったのだ。お新は出来た女で、不平一つ言わなかった。

今考えてみれば、いずれ目を覚ますだろうと思っていたのだろう。が、伊助の病はますます高じていった。

お新はじっと耐えていることに疲れたのだ。そんなお新のやり場のない心に春吉が付け込んだのだ。

十日経ち、ひと月が経ってもお新は戻らず、三ヶ月が過ぎた頃には、伊助はぼろぼろになっていた。

　そんな伊助を救ってくれたのが親方の英五郎だ。博打を止め、立派な職人になってお新さんを見返してやるんだ。親方はそう何度も言った。

　そうだ、お新を見返してやるんだと、それからは仕事に精進した。英五郎親方のところの伊助って職人はいい仕事をする、という評判がぼちぼち立つようになっていた。そうなると、お新や春吉のことを忘れていった。

　伊助は仕事の虫となった。そういうときに作ったのが長崎屋の旦那からの注文の小箱だ。伊助はもうお新のことは完全に吹っ切れたと思っていた。

　ところが、運命のいたずらが伊助を翻弄《ほんろう》した。父親の墓参りの帰り、浅草田原《たわら》町の水茶屋の前で、春吉とばったり出会ったのだ。それが五日前。

　伊助はお新のことは過去のものにしていたから春吉の顔を見ても怒りは湧《わ》いてこなかった。かえって、春吉のほうがばつの悪そうな顔をしていた。

「久しぶりだな、春吉さん。江戸に戻っていたのか」

「ああ」

「俺のことは気にしねえでいいとお新に伝えてくれ」

　伊助は素直な気持ちで言ったのだが、春吉は薄ら笑いを浮かべ、

「あんたのかみさんとは別れたぜ」

と、鼻の頭をかきながら言った。

「別れた？　じゃあ、お新はどこにいるんだ？」

「病気になって、今八王子宿にいるぜ。もう半年前のことだからな」

「きさま。病気になったお新が足手まといになって捨てたんだな」

「おいおい、人聞きの悪いことを言うな。おめえと同じに俺も捨てられたのさ。どうでえ、おめえさん、迎えに行ってやったら。八幡町《はちまん》にいるぜ」

殴り掛かろうとする前に、春吉は逃げ出していた。

不思議なことに、忘れたはずのお新への思いが、病気だと聞かされて急に蘇《よみがえ》ってきたのだ。

その足で、親方のところに飛んで行って、

「親方。五日ほど暇をくだせえ」

と、わけを話してから頼んだ。

「男と駆け落ちした女に未練があるわけじゃねえが、病気になって男に捨てられたお新が哀れでならねえ」

「おめえを捨てて逃げた女なんだぜ」

親方が呆《あき》れ返ったように言う。

「これも、俺が博打に狂ったからだ。お新があんな真似《まね》をしたのも俺が悪いんだ」

伊助は心の底からそう思った。

「お新の病気がどんなだか、それさえ見届けたらすぐに戻って参ります。どうぞ、八王子に行かしておくんなさい」

伊助は懸命に頼んだ。

「そこまで言うなら行ってきな」

親方に励まされ、翌朝早く八王子に向かったのだ。

甲州《こうしゅう》街道を内藤新宿《ないとうしんじゅく》、高井戸《たかいど》を抜けて、日野《ひの》、八王子へと続く。途中、府中《ふちゅう》で宿をとり、翌日の昼過ぎに八王子に到着した。

甲州街道沿いに横山《よこやま》町、八日市《ようかいち》、八幡町と続く。本陣や脇本陣もあり、さらに富士講や大山《おおやま》参り、そして高尾《たかお》山への信者たちがたくさん通り、宿場は栄えている。くわえて、絹織物の産地で、江戸からも呉服屋が取引に訪れる。

料理屋を尋ね回り、ようやくお新が働いていたという料亭を捜し当てた。そこで働いている朋輩《ほうばい》の仲居の実家が近くにあり、そこの百姓家の離れにいることがわかった。

街道から外れた百姓家に行くと、朋輩の母親が離れに案内してくれた。

お新は眠っていた。頬はこけ、痩《や》せこけて、伊助の知っているお新とは別人のようだった。

「お新、俺だ。伊助だ」

呼びかけると、お新は目を開けた。

「あっ、おまえさん」

目を見開き、それからお新はか細い手を差し出した。

「おう、わかるか」

伊助はすぐにその手を摑《つか》んだ。

「ほんとうにおまえさんなんだね」

「そうだ。夢じゃねえぜ。もう心配ねえ。早く元気になって江戸に帰ろう」

「えっ、あたしを許してくれるのかえ」

「何を言うんだ。許すも許さねえもねえ。俺がいけなかったんだ。また、いっしょに仲良く暮らそう。今度こそ、おめえを大事にするぜ」

「おまえさん。ありがとう。うれしいよ」

お新の目尻から涙が流れた。

やがて、お新が安心したように安らかな寝息をたてはじめた。

お新が寝入ったのを確かめて、伊助はこの家の女房に会った。顔の浅黒い女房にお新が世話になった礼を言い、医者の家を訊《たず》ねた。

伊助が訪ねると、医者は難しい顔をして、朝鮮人参を呑ませれば回復するかもしれないと言った。が、そいつを手に入れるのは難しい。わしの顔で何とか手に入れられないでもないが、それには五両は必要だと、医者は言った。

「五両あれば、お新は助かるのですか」

すがるようにきくと、

「保証は出来ぬ。が、助かるやもしれぬ」

と、医者は小さな声で答えた。

その五両をどうしても作らなければならない。きっと金を作って戻ってくると言い、江戸に戻ってきたものの金策は不調に終わった。

だが、親方英五郎の言うように自分の腕で金を工面しようと、小石川白壁町にある長崎屋に向かったのだ。

長崎屋が最後の頼みかもしれないと思うと、知らず知らずのうちに緊張した。

やがて、小石川白壁町に入り、長崎屋の店が見えて来た。小ぢんまりとした商家だが、大きな商いをしているという評判だった。

しばらく入口の前でうろついてから意を決して店に足を踏み入れた。

番頭ふうの男が出て来た。

「あっしは神田旅籠町の指物師英五郎親方のところの者で伊助と申しやす。旦那さまにお目にかかりたいのですが」

「あいにくと旦那は商用で出かけており、明後日にならないと帰りませんが」

番頭の言葉に、伊助は落胆した。

「どのような御用でございましょうか」

英五郎の名は番頭にも聞こえていたらしく困惑した伊助に声をかけてきた。

「それが……」

言い淀んでいると、ちょうど奥から島田髷《まげ》の内儀《おかみ》が出て来た。おまきといい、旦那の惣右衛門よりずっと若い。あだっぽい女だ。

「どうしたんだえ」

「はい。神田旅籠町の指物師英五郎親方のところの職人さんが旦那さまをお訪ねになって来たのでございます」

番頭が答えた。

「おや、あいにくだったね。旦那は出かけちまったんだ。いったい、どんな用だね。旦那が何か注文をしていたかねえ」

「いえ、そうじゃねえんです。じつは旦那さまにお願いがあって参りました」

「なんだね」

眉根を寄せて、おまきは警戒したような顔になった。

伊助は思い切って口にした。

「じつは、どうしても五両という金が必要になりました。それで、旦那さまのお気に入るようなものを作るということで、お金を拝借出来ないかと」

「おや、おまえさん。何か勘違いなすっちゃいないかえ。うちはご覧のような唐物を売っている店だよ」

おまきが伊助の言葉を遮《さえぎ》った。

「うちは金貸しじゃないんだ。お門《かど》違いじゃないかね」

「はい。ただ、旦那さまにはあっしの作ったものを気に入っていただいているご様子。ですから、あっしが腕によりをかけて旦那の希望通りのものを作りやす。あっしの腕を買ってくださり、お金をお借り出来ないものかと、ずうずうしいとは思いましたが、こうしてお頼みに上がったのでございます」

おまきの目がつり上がった。

「おまえさん。ゆすり、たかりかえ」

「とんでもねえ。あっしは旦那さまにお願いを」

「とっととお帰り。どこにそんなことで金を貸すばかがいるものか。旦那が承知するはずはないよ。さあ、お帰り」

「内儀さん。じつは女房が病気で金がいるんです。どうか、後生です。貸していただけませんか」

伊助は土下座をして頼んだ。

「冗談じゃないよ」

「内儀さん」

伊助は内儀の手にすがった。

「何をするのさ」

内儀が伊助の手を払う。

「こんな男を使っているようじゃ英五郎親方もおしまいだね。もう、英五郎のところのものなんか使わないから、帰ったらそう言っておくんだね」

「内儀さん」

伊助は内儀を睨《にら》みつけた。

「何さ、その顔は？」

内儀は口許を歪《ゆが》めた。

「さあ、向こうへ行きやしょう」

顔つきを変え、番頭が伊助の腕をとって後ろにねじ上げた。

「いてっ。離せ」

番頭は伊助の手をねじり上げたまま土間から外に突き飛ばした。

あっと、悲鳴を上げて伊助は顔からじべたに突っ込んだ。

顔を上げたとき、内儀は背中を見せて奥に引っ込むところだった。続けて、番頭の足蹴が脇腹に入った。一瞬、息が詰まった。

　顔の泥を落としながら伊助は屈辱に耐えた。親方の悪口を言ったことも腹に据えかねた。

　伊助は悄然《しょうぜん》と歩き、途中にあった稲荷《いなり》社の境内で痛みを堪え、それから神田佐久間町三丁目の長屋に帰って来た。

　万策が尽きた。もうお新を助けることは出来ない。そう思うと、悔し涙があふれた。そして、内儀の仕打ちにまたも怒りが込み上げてきた。

　あの内儀が金を貸してさえくれたらお新は助かるかもしれないのだ。このままお新を見殺しにしなければならないのなら、あの内儀にも死んでもらうしかねえ。

　伊助は平常心を失い、頭の中でどす黒いものが渦を巻いてあらぬことを考えていた。

　いつの間にか辺りは暗くなっていた。

　伊助は立ち上がった。出刃包丁を手拭いに巻いて懐に隠し、油障子を開けて路地に出た。隣の家の女房が挨拶《あいさつ》をしたが、伊助は顔をまっすぐに向けたまま黙って長屋の木戸を出て行った。

　夜回りの拍子木の音が聞こえる。伊助は無意識のうちに前かがみになって夜の町を歩いた。

　長崎屋の前にやって来た。手拭いで頬《ほ》っ冠《かむ》りをし、尻端折《しりばしょ》りをした。裏手にまわり、忍び込める場所を探す。塀を乗り越えなければだめかと舌打ちしたとき、潜り戸が開いた。

伊助はあわてて暗がりに身をひそめた。

内儀のおまきが出て来て、辺りを窺った。そのあとから着流しの侍が出てきた。どうやら、おまきはその侍を見送りに出てきたようだ。

おまきは表通りまで見送るつもりなのか、侍といっしょに表通りに向かった。

（しめた）

覚えず口に出し、伊助は潜り戸を潜って庭に入り込んだ。雨戸が開いている。そこから廊下に上がった。

脱いだ雪駄《せった》を懐に仕舞い、奥に向かう。障子に明かりが灯っている。

主人夫婦の部屋は奥だろう。足音を忍ばせて奥の廊下に明かりのもれている部屋に向かった。

居間に入った。神棚の下に簞笥《たんす》がある。その手前に長火鉢。火が点《つ》いている。

居間を見まわした。すると、長火鉢の横に百両箱を見つけた。

それを開けた。一両小判が詰まっている。伊助は巾着《きんちゃく》に十両だけ仕舞った。

「誰だい、おまえは？」

いきなり、背後から声をかけられた。

伊助は飛び上がった。あわてて、長火鉢に足をひっかけ、鉄瓶を倒した。灰神楽《はいかぐら》が立った。

立っていたおまきを突き飛ばした。

「誰か、泥棒だ」

おまきが絶叫した。

伊助はあわてて障子を蹴破って居間を飛び出した。廊下を闇雲に走り、庭に駆け降りたとき、男が立ちふさがった。

昼間の番頭だった。殴られた悔しさが蘇った。破れかぶれになって、懐から包丁を取り出した。番頭がぎょっとしたように目を剝《む》く。

包丁を構え、伊助は突進した。

うっと、番頭が呻《うめ》いた。腹を掠《かす》めたようだが、番頭は包丁の刃を素手で摑んだ。店の奥から誰かが駆けつける気配がした。包丁を持って押し合いをしたが、番頭の力は強い。

諦めて包丁を放し、伊助は急いで庭を突っ切り、裏の潜り戸を駆け抜けた。

町の外れを闇雲に駆けた。息が上がってきて、どこぞの神社の境内に裏手から駆け込んだ。植込みの奥にある小さな祠《ほこら》の裏で倒れ込むようにしゃがみ込んだ。

しばらくして目を開けると星が瞬《またた》いていた。

どれほどの時間が経ったろうか。懐の重みに気づいた。手を入れると、巾着が小判で膨らんでいた。

これさえあれば、お新の病気を治してやれる。そう喜んだのも束《つか》の間、手のひらに血がこびりついているのに気づいた。着物も血で汚れていた。

改めてひとを傷つけたかもしれないという恐怖心が襲い掛かった。が、その一方で巾着の重みが伊助を大胆にした。

これをお新に届けたい。そう心に決めると、これから八王子に向かおうとした。だが、この格好では歩けない。

ここはどこだと改めて神社を見た。そして、植込みから出て本殿のほうにまわって、なんと神田明神社だと気づいた。親方英五郎の家の近くだ。無意識のうちに、親方の家に向かっていたものと思える。

作業場に行けば、着替えが置いてある。親方に気づかれず、作業場に入れる。

伊助は手水《ちょうず》場で手を洗い、気を取り直して親方の家に急いだ。

油障子をこじ開け、作業場の土間に入った。天井の明かり取りからの月の光で辺りがおぼろげにわかる。

自分の持ち物のある行李《こうり》の傍に行き、蓋《ふた》を開けた。

「何をしている」

突然、声がして伊助は竦《すく》み上がった。

「あっ、親方」

「伊助じゃねえか。どうしたんだ、こんな夜中に」

伊助は声が出せない。

「小便に起きてみたら何かごそごそ物音がしているじゃねえか。そしたら、おめえだった。いってえ、何をやっているんだ」

「親方。あっしは……」

伊助は嗚咽《おえつ》をもらした。

「いってえ何があったんだ？」

異変を察したのか、親方の声がにわかに緊張した。

「すまねえ。ひとを刺してしまった」

「なんだと。わけを言ってみやがれ」

英五郎は険《けわ》しい声で問い詰めた。

伊助は長崎屋に忍び込み、金を盗んだが、内儀に見つかって逃げ出したときに番頭に立ちふさがれ、夢中で包丁を突き出してしまったということを震える声で話した。

英五郎は絶句していたが、やっと声を出した。

「その番頭は死んだのか」

「いや、死んじゃいねえ。腹を掠めただけだ」

「伊助。自首しろ。俺がついて行ってやる。今なら何とかなる」

「待ってくれ、親方」

「なんだと、てめえ、逃げるつもりか」

「そうじゃねえ。この金さえあればお新の命が助かるかもしれねえんだ。お新を助けてやりてえんだ」

「男を作り、おめえを捨てて逃げた女だぜ。それほどまでにして助けてえのか」

「確かに、俺を裏切った女だ。憎かねえと言ったら嘘になる。でも、病の床にいるお新を見たら、可哀そうでならなかった」

伊助は英五郎に縋《すが》った。

「金を届けたらきっと帰ってくる。そしたら、自首する。親方。それまで目を瞑《つむ》ってくれ。後生だ」

伊助は床に額をくっつけて頼んだ。

親方は腕組みをして目を閉じた。苦悩していることがわかる。親方、見逃してくれと、伊助は内心で叫んだ。

やがて、親方が腕組みを解き、目を開けた。

「伊助。必ず自首すると約束するか」

「しやす。必ず自首して、お裁きをお受けしやす」

「よし、わかった。じゃあ、俺は何も見なかったことにしよう」

「親方」

「お新を助けるのにいくらいると言った？　五両だったな。だったら、残りの金は返すんだ。必要なぶんだけだ」

「へい」

盗んだ金は全部で十両。そのうちから五両を英五郎は寄越した。

「こいつは俺が預かっておく。いいか、必ず帰ってくるんだ」

「もちろんです」

「俺との約束だ。その代わり、俺もおめえのことは一切誰にも言わねえ」

「ありがとうございます」

「いいか。これから十日だ。今月の十三日までに帰ってくるんだ。いいな」

「わかった。親方、すまねえ」

伊助は英五郎が貸してくれた縞《しま》のつむぎに着替え、朝の暗いうちに八王子に向かった。

三

翌日の昼過ぎ、小石川、市《いち》ヶ谷《や》方面に睨《にら》みをきかせている定町廻り同心大井《おおい》武八《ぶはち》は長崎屋に来ていた。

ゆうべ長崎屋に駆けつけたとき、庭で番頭の与兵衛《よへえ》が腹部を刺されて死んでいた。内儀のおまきの話では物音に気づいて居間に行くと、頬っ冠りに尻端折りをした男が金を漁《あさ》っていた。おまきが一喝すると逃げ出し、駆けつけた番頭ともみ合っていたが、やがて番頭が倒れた、賊はそのまま逃走した。百両箱に入っていた十両が奪われていたという。

「ゆうべもきいたが、賊がどうやって屋敷に入ったのかわからねえんだ」

大井武八は三十過ぎの強持《こわも》てのする顔をしている。大井武八に太い声で訊ねられると、たいがいの者は萎縮《いしゅく》するのだが、おまきは動じることはなく、

「塀を乗り越えて来たんじゃありませんか」

と、賊に対する憎悪を含んだ目で答えた。

裏門の戸締りは下働きの留吉《とめきち》の役目で、その留吉はちゃんと閂《かんぬき》をかけたという。さらに、手代が戸締りの確認をしていた。おまきの言うように、塀を乗り越えてきたのだろうと、塀の周りを調べても、どこにも乗り越えた形跡はなかった。

大井武八はそのことに引っ掛かりを覚えていたので、もう一度そのことを確かめた。

「誰か、裏の潜り戸から外に出た者はいねえか」

奉公人にきいても、誰も気づいたものはいない。

「内儀さん。おめえさんは賊の顔を見ていなかったということだが、何か体に特徴はなかったか」

ずいぶん色っぽい女だと思いながら、大井武八は再びおまきに顔を向けた。

「頬っ冠りをしておりましたから顔はよくわかりませんでしたが、どちらかというと細身の男でした」

「おまえさんは賊が忍び込んだとき、どこにいなすったね」

「はい。寝間におりました」

「それで物音に気づいて居間に行ったのだったな」

「はい、さようでございます」

おまきは殊勝に答える。

大井武八はおまきの態度がどこか気にいらなかった。賊に心当たりがあるのでないかと思えてならない。証拠はないので深く追及出来ないが、おまきが何かを隠しているとの疑いは消えない。

手代がやって来て、おまきに報告に来た。

「旦那さまがお帰りになりました」

主人惣右衛門は商用の旅先から急ぎ帰宅してきたのだ。

旅装のまま、惣右衛門がおまきのところにやって来た。

「おまえさん」

おまきが惣右衛門に駆け寄った。

「何があったのだ」

惣右衛門は四十絡《がら》みの肩幅の広いがしりとした体の男だった。

「ゆうべ、強盗が入って、与兵衛が殺されました」

「なに、与兵衛が？」

惣右衛門は血相を変えた。

「金もとられたのか」

「はい」

大井武八は惣右衛門に声をかけた。

「ご主人だね。俺は南の大井武八だ」

「ごくろうさまでございます」

惣右衛門は腰を折った。

「とんだ災難だった。ところで、旦那はゆうべはどちらに？」

「はい。青梅《おうめ》にあります製造元に行っていたのでございます。報せを聞いて、すぐに駆け戻りました。まさか、留守中にこんなことになっているなんて」

惣右衛門は口許を歪《ゆが》めた。

「なあに、犯人はすぐ見つけます。賊は包丁を置いていきやがった。それにしても気丈な番頭さんだ。刺されながら賊の刃物をしっかり握って離さなかったんだ」

大井武八が感心していると、岡っ引きの忠治《ちゅうじ》が駆け込んできた。

「旦那」

大井は土間の隅に行って忠治から話を聞いた。

「今、向かいの酒屋の小僧から聞いたんですが、きのうの昼間、ここでちょっとした騒ぎがあったそうですぜ。殺された番頭が若い男を店の前に叩き出したってことです」

「よし」

大井はおまきに向かい、

「きのう、ちょっとした騒ぎがあったそうだが、内儀さん、何があったんだね」

と、きいた。

「別に」

おまきは急に落ち着きをなくしたように思えた。

どうも、内儀の態度は最初から煮え切らない。

「どうした、おまき。正直に言いなさい」

惣右衛門が口添えしたので、おまきは言い渋りながらも口を開いた。

「じつは昼間。指物師の英五郎親方のところの若い者がうちにやって来たんですよ」

「指物師の英五郎？」

惣右衛門が訝《いぶか》しくきいた。

「旦那の気にいった物を作るから金を貸してくれと。うちは金貸しじゃないって言っても、どうしても金が欲しいから何とかしてくれとしつこいんです。それで、たまりかねた与兵衛がその男を表に叩き出したってわけなんです」

口許を歪めながら、おまきは話した。

「なぜ、指物師がここに？」

大井は不思議に思ってきいた。

「はい。私は英五郎親方のところに小箱を注文したことがあります。そのときの出来ばえが素晴らしかったもので褒《ほ》めたことがございます。すると、伊助という職人が作ったと言うんで、じゃあ、いつかまた伊助さんに何か作ってもらおうかという話をしたことがあります」

「なるほど。それで気にいった物を作るから金を貸してくれと来たのか」

手応えを覚え、大井はにやりとした。

「内儀さん。ひょっとして、その男だったってことはないかね」

「さあ。さっきも申したように頬っ冠りをしていましたし、それに私も怖くて足が竦《すく》んでいたので賊の姿をよく見ちゃいないんです」

「背格好ぐらいは覚えちゃいるんじゃねえかえ。どうだね」

「ええ、まあ。そうだと言えばそうにも見えるし、違うと言えば違うようにも」

おまきは歯切れが悪い。惣右衛門は厳しい目をおまきに向けた。

「まあいい。また、何か思い出したことがあったら話してもらおう」

大井は長崎屋を出てから、岡っ引きの忠治に英五郎を当たるように命じた。


忠治は神田旅籠町にある指物師英五郎の作業場に足を向けた。

親方の英五郎は三十八歳、職人を使って、箱や机、小箱などを作っている。

戸を開けると、土間の向こうの作業場に三人の職人がそれぞれ鑿《のみ》や鉋《かんな》などを手に仕事をしていた。

忠治が入って行くと、渋い感じの男が顔を上げた。英五郎に違いない。

「英五郎さんだね。あっしは南町の旦那から手札をもらっている忠治ってもんだ。ちと寄せてもらうぜ」

英五郎が立ち上がった。

「親分さん。どんな御用でございましょうか」

英五郎は落ち着いた声できいた。

「こちらに職人は何人、いるんだね」

「へい。四人おりやす」

「今いるのは三人だね。もうひとりはどちらに？」

忠治は作業台が一つ空いているのを目に入れてきいた。

「へい。事情があって休んでおりやす」

「休んでいる？」

忠治はじろりと睨み、

「いつからだね」

「へえ。五日ほど前から」

「なんていう職人さんだね」

答えまで間があった。

「伊助と言いやす」

「住まいはどこだね？」

「親分さん。いったい何が？」

他の職人が作業を続けながら、聞き耳を立てていることはわかった。

「小石川白壁町にある長崎屋を知っていなさるね」

「何度か仕事の注文を承《うけたまわ》っております」

「じつはな、その長崎屋に強盗が押し入り、十両を盗んだ上に番頭を殺して逃走したんだ」

「殺した？」

英五郎が衝撃を受けたようにきき返した。

「親分さん。番頭さんは死んだのですか」

「ああ。腹を刺されてな」

英五郎は深刻そうな顔をした。

「で、伊助の住まいは？」

「へえ。神田佐久間町三丁目で」

英五郎の目が鈍く光ったのを、忠治は見逃さなかった。

「伊助は五日前から休んでいるってことだが、どうしてだね」

「へい。あっしにも事情がわかりやせん。ただ、ちょっと遠方まで出かけなくっちゃならなくなったと言うだけで」

嘘をついていないか見極めるように、忠治は英五郎の目を見つめた。英五郎も見返す。

先に忠治が視線を外した。

「邪魔したな。また寄せてもらうかもしれねえ」

外に出るときに振り返ると、英五郎は同じ場所で深刻そうな顔をしていた。

忠治は手下を連れて、神田佐久間町三丁目に向かった。

藤堂和泉守《とうどういずみのかみ》の上屋敷の長い塀沿いから佐久間町三丁目に足を向けた。

長屋の路地には誰もいない。猫が屋根で寝ていた。伊助の家はすぐわかった。障子に鑿の絵が描かれている。

戸障子を叩いたが、応答はない。手で引くと、戸はなんなく開いた。土間に入り、中を見回す。

忠治はかってに部屋に上がり、行李の中身を調べた。それから、台所に向かった。包丁はない。

入口に人影が射した。長屋の女房が覗《のぞ》いている。こめかみに膏薬《こうやく》を貼っているのは頭痛持ちか。

「親分さん。伊助さんはゆうべ出かけたきり、まだ戻ってませんよ」

「どこへ行ったかわからねえだろうな」

「ええ。ずいぶん思い詰めたような目で長屋を出て行きましたよ。あたしが声をかけても気づかなかったんですからね」

「そうか。ところで、伊助は包丁を持っていたかえ」

「ありましたよ。魚を捌《さば》くのがうまいので、よくやってもらいましたから」

「伊助はどんな人間だね」

「親分さん。伊助さんが何か」

「心配しないでいい。ちょっと参考のためにきいておきたいだけだ」

「さいですか」

女房は話好きなのだろう、伊助さんは、と語りはじめた。

「ひと頃は博打に狂っていましたけど、内儀さんが家出をしてからすっかりおとなしくなって仕事も真面目にやっていますよ」

「内儀は家出をしたのか」

「はい。伊助さんは、普段はおとなしくてとてもいいひとなんですけど、博打が好きでしてね。だから、内儀さんが出て行ってしまったんです。もっとも、男と逃げたらしいんですけどね」

「ほう、男と駆け落ちしたか。いつのことだ?」

「二年前ですよ」

伊助には二年前まで女房がいたが、家を出て行ってしまったらしい。

「女房に逃げられて、荒れていたのではないのか」

「そうじゃありません。懲《こ》りたのか、ひとが変わったように博打にも手を出さなくなりました。それが一昨日の晩、珍しく酔っぱらって」

「一昨日の晩だと?」

「ええ。親方が叱《しか》ってましたけど」

「親方っていうのは英五郎だな。英五郎が一昨日の夜、ここに来ていたのか」

「はい」

忠治はにやりと笑った。

「そうか、ありがとうよ。参考になったぜ」

それから忠治は手下を使い、伊助の行動を調べさせた。すると、一昨日、伊助が金策にまわっていたことがわかった。

忠治は同心の大井武八に伊助のことを報告したあとで、こう付け加えた。

「英五郎の入れ知恵で、伊助は長崎屋に忍び込んだものに違いありやせん。英五郎を責めれば伊助の居場所を白状するはずです」

「よし。英五郎をしょっぴく」

大井武八はただちに神田旅籠町に向かった。

忠治と大井武八が顔を出すと、英五郎の顔に翳《かげ》りが差した。

「英五郎。ききたいことがある。番屋まで来てもらおうか」

忠治が言うと、職人たちが顔色を変えた。

「おまえさん」

女房がうろたえた声を出した。

「落ち着くんだ。心配いらねえ」

英五郎は女房や職人たちに言い、立ち上がって膝を叩いた。

「すいやせん。着替えさせてくだせえ」

英五郎は奥に引っ込んだ。裏口に手下を配してあるので、逃げられる心配はない。

英五郎が出て来た。

「お待たせしやした」

英五郎は観念したのか、おとなしく佐久間町の大番屋までついて来た。

が、取調べになって、英五郎は肝心なことは口にしなかった。

「やい、伊助を使って長崎屋に忍び込ませたのはおまえだろう」

「違います」

「しらを切る気か」

忠治が英五郎の襟首《えりくび》を掴《つか》んだ。

「伊助はどこにいる?」

大井武八がきいた。

「知りません」

「てめえが伊助をそそのかして長崎屋に忍び込ませたのはわかっているんだ。さあ、ありていに吐きやがれ」

「おそれながら、私はやっていません」

「ふざけやがって」

忠治が英五郎の顔を足で蹴った。

英五郎は倒れたがすぐに起き上がった。口の中を切ったらしく、血が出ていた。

勢いよく戸が開いて、忠治の手下が飛び込んで来た。

忠治が手下から報告を受けた。

「よし」

忠治はにんまりとし、手下から受け取ったものを大井武八に見せた。

大井はそれを英五郎に突きつけ、

「こいつはなんだ?」

と、迫った。

あっと、英五郎が口を半開きにした。

英五郎をしょっぴいたあと、手下に英五郎の家を家捜しさせた。すると、作業場の押し入れの奥に風呂敷包みがあり、中に血のついた着物と五両の金が入っていた。

「もう言い逃れは出来ねえ。さあ、伊助はどこにいる?」

「待ってください。伊助は必ず自首してきます。それまで待ってやってください。どうぞ、ご慈悲でございます」

「待てだと? いつまでだ。明日か。明後日か」

「十日」

「ふざけるな」

大井が怒鳴った。

「てめえは一昨日の夜伊助の長屋まで行って長崎屋に忍び込むように言い含めたんだ。そして、盗んだ金を山分けした」

「あの金は伊助が自首してきたら返すつもりでした。どうか、しばらくのご猶予を」

英五郎が叫ぶ。

「ならねえ。伊助の居場所を言うんだ」

「どうか、ご慈悲を」

「ふざけるな」

忠治はまたも足蹴を加えた。

仰向けに倒れた英五郎を、大井武八が冷笑を浮かべて見ていた。

そのとき、手下に連れられ、長崎屋の内儀がやって来た。

「内儀さん。ご苦労だな。こいつを見てくれ」

大井武八は倒れている英五郎を指さした。

じっと英五郎を見てた内儀がふと厳しい顔になった。

「旦那。今、思い出しました。犯人の二の腕に黒子《ほくろ》がありました。あれとそっくりな」

そう言って英五郎の剝き出しの二の腕を指さした。

「今から思えば、あのときの盗人は英五郎親方かも」

「なんだと」

「内儀さん。こいつは大事なことだ。あとで間違ってましたじゃ通らねえ。落ち着いて考えるんだ」

「はい。間違いありません。このひとです。番頭さんを殺したのは」

英五郎は恨みがましい目を内儀に向けた。

四

役所に出た剣一郎は年番方与力の宇野清左衛門に呼ばれた。

「きのうはご苦労であった」

原金之助の葬儀に出席したことを言っているのだ。

「宇野さまもお疲れさまでございました」

「うむ。多恵どのもいろいろご苦労だった。よろしくお伝えしてくれ」

「はあ、ありがとうございます」

多恵も手伝いの女たちの指揮をとってきぱきと働いたのだ。

「早う、下手人を捕まえんと、金之助に顔向け出来ぬ」

「はい」

犯人の探索は南北の奉行所の定町廻り同心や臨時廻り同心などの手によって進められているが、いまだに手掛かりはない。

現場に居合わせただけに、剣一郎も捜索に加わりたいが、事件の捜索は定町廻りや臨時廻りの仕事であった。

「あの熊の字は何を意味しておるのか。いったい、原はなぜ狙《ねら》われたのであろう」

宇野清左衛門はいかめしい顔に怒りの色を浮かべた。

「金之助は他人から恨まれるような人間ではありませぬ。となると、役目上の逆恨みかと存じますが……」

当番方与力の原金之助は奉行所での庶務や公事訴訟の受付、そして宿直などを行なっているが、それらの役目から逆恨みを買うとも思えない。だとすると、当番方のもう一つの任務である捕物出役しか考えられない。

江戸市中での乱暴狼藉《ろうぜき》を働いた者や犯人が家の中に閉じ籠《こ》もりをしたときに当番与力ひとりに同心ふたりが現場に赴《おもむ》き、犯罪者を捕縛する。

この捕物出役に、原金之助は何度か加わり、犯人捕縛の指揮をとっている。実際に働くのは同心だが、指揮をとった与力に対して仲間が復讐のためにしでかしたという可能性も否定出来ない。

そのことを話してから、剣一郎は疑問を呈した。

「ただ、原金之助が捕縛した者は、ひとりが酒に酔って暴れて家に立て籠もった浪人、ひとりが別れた女房の実家に押しかけ、女房の親を人質に立て籠もったもの、もうひとりは子どもを人質にとって立て籠もったもの。まだ調べておりますが、いずれも、このようなだいそれたことをする仲間がいるようには思えませぬ」

「そうだのう」

宇野清左衛門は難しい顔をした。

「それに、熊というのは、名前の一文字という可能性もありますが、その者たちに熊のつく名前の主がおりませぬ」

「すると、他に心当たりは?」

「いえ、まだ何も。ただ、気になるのは原金之助が人違いで襲われたということも考えられます」

「人違いだと?」

宇野清左衛門が驚いたようにきいた。

「いえ、確たる証拠があってのことではありませぬ。原金之助の周辺からは怪しい人物が浮かび上がって来ないことから思っただけでございます。これとて、犯人がわざわざ置き文をしていったことを考え合わせれば人違いなどすまいと思われます」

「うむ」

　またも宇野清左衛門は唸《うな》った。

「ただ気になるのは『熊』の文字だけしか残していないことです。犯人がある意図を持って残していったものなら、受け取る側がその意味を解しなければ何もなりません。捜査攪《かく》乱《らん》を狙った目晦《めくら》ましの可能性も否定出来ませんが……」

「そなたが捜索に加わってくれるといいのだが」

「いずれ、定町廻りの同心たちが手掛かりを摑んで参りましょう」

「そうだといいが。なにしろ、奉行所の威信にかけても早く犯人を捕まえねばならぬでな。それにしても、弟金次郎がいてくれてよかった。ともかく、原どのから金次郎に代を継がせる申し入れがあれば喜んでお奉行に申し立ていたす」

　与力・同心は一代抱えである。親の跡を継ぐのではなく、親が引退したあと、子どもは新規御召抱えになるのだ。世襲とは違い、親の代で打ち切られる可能性はあった。が、実質は親から子へと代々勤務をしている。

「そなたの剣之助どのも見習いに出したらよかろう」

「ありがとう存じます」

　剣一郎は宇野清左衛門のもとを下がり、思いついて吟味方与力の詰所に顔を出した。

　吟味が終わったらしく、橋尾左門《はしおさもん》が茶を呑んでくつろいでいた。

「橋尾どの、ちとよろしいでしょうか」

左門がいかめしい顔を向け、僅かに顎《あご》を下に振った。もったいつけやがってと心の内で苦笑しながら、左門の近くに腰を下ろした。

「何かな」

しかめっ面《つら》が威厳《いげん》を保つことだと勘違いしているような、左門の顔を見つめ、

「ご承知のように、原金之助を殺害した下手人は『熊』と書かれた置き文をしておりました。この熊の文字について」

剣一郎はにじり寄った。

「もしかしたら、最近死罪を申し渡した罪人、あるいは死罪に当たる罪を犯した者の中に熊の字のつく罪人がいるのではないかと思ったのです。橋尾どのが吟味された罪人の中に、熊の字のつく者がおりましたかどうか、教えていただきたいと思いまして」

「熊とな」

左門はもったいぶって右手を顎に当てた。

しばらくして、目を見開き、手を顎から離した。

「おりましょうか」

「うむ。すでに処刑が済んでおるが、熊坂善三《くまさかぜんぞう》という浪人がいた。料理屋で酒に酔って女中や若い衆ら三人を殺した。この者は半月ほど前に死罪になっている」

「熊坂善三……」

浪人者だというのであれば浪人の仲間がたくさんいるであろうか。

「熊坂善三とはどんな人間でしたか」

「酒癖の悪い、すぐかっとなる堪《こら》え性のない獰猛《どうもう》な男だった。しかし、熊坂善三のために恨みを晴らそうという輩《やから》がいるとは思えん。おぬしの考え過ぎだ」

「その他に心当たりはありませぬか」

「ないな」

左門はつれなく言ったあとで、

「そう言えば、だいぶ前に処分した事件だが、熊五郎《くまごろう》という商家の手代がいた」

「熊五郎？　そやつは何を？」

「こやつは名前に似合わずやさ男で、主人の内儀に懸想《けそう》をし、主人がいなくなれば内儀は自分のものになるだろうと、たまたま主人に恨みを持つ人間を商家に手引きして殺させたのだ。殺した男は死罪を申しつけたが、熊五郎は永《なが》の遠島ということになった」

「遠島？　ということはまだ牢内に？」

「おる」

遠島の者は八丈島《はちじょう》・三宅島《みやけ》への通い船が到着するまで牢内に留め置かれる。

「参考になりました」

剣一郎は左門の前を辞去した。

その日、剣一郎は例繰方《れいくりかた》の部屋で仕事をした。

剣一郎は風烈廻り掛かりに属しているが、と同時に例繰方の掛かりも兼任している。兼任しているのはなにも剣一郎に限ったことではなく、他のほとんどの与力も二つ以上の分課を兼任している。

この部屋の背後の棚には犯罪の状況などを記録した書類がたくさん積まれている。吟味方から罪人の罪状を記した口書がまわってくると、御仕置裁許帳《おしおきさいきょちょう》から先例にある罪状を決めるのだ。

『御定書百箇条』というものがあり、犯罪の分類と処罰の内容が定められている。刑罰には呵責、押込、敲《たたき》、追放、遠島、死刑があり、さらに死刑には下手人、死罪、火罪、獄門、磔《はりつけ》、鋸引がある。

剣一郎は書類を取り出し、熊坂善三や熊五郎のことを調べた。が、その者たちと原金之助とが結びつかない。

が、どうしても気になり、剣一郎は宇野清左衛門のところに行った。

「何か用か」

宇野清左衛門が書類から顔を上げた。

「はい。原金之助のことでちょっと気になることがございまして」

「うむ」

清左衛門が体を向けた。

「熊の文字でございますが、処刑された罪人に熊坂善三、また遠島で船待ちの罪人に熊五郎という男がございます。熊とは、いずれかの者に関わりのある者ということも考えられます」

「どう関わりがあると申すのか」

「いえ、まだわかりません。ただ、この者たちの周辺を調べてみてはいかがかと存じまして、宇野さまよりお奉行に」

隠密廻り同心は奉行直属であり、奉行から捜索の命令を出してもらおうとしたのだ。

少し考えていたが、

「わかった。とりあえず長谷川《はせがわ》どのに話してみよう」

と、清左衛門は請け負った。


退出時刻になって、剣一郎は槍持ち、草履取り、挟箱持ちを従え数寄屋《すきや》橋御門内の南町奉行所を出た。風烈廻りのときの巡回は着流しに巻羽織という姿だが、出勤は継上下、平袴《ひらばかま》に無地で茶の肩衣《かたぎぬ》、白足袋《たび》に草履を履いている。

風は生暖かい。京橋川にかかる比丘尼《びくに》橋を渡り、すぐに右に折れて川沿いの道を行く。

やがて、右手に京橋が見えてきた。

剣一郎は歩みを止めた。金之助とここで出会ったのだ。まさか、凶徒が待ち構えているとも知らず、金之助は新妻のことを考えながら帰途についたに違いない。

剣一郎は感慨を振り切って歩みはじめた。やがて現場に差しかかった。すると、人影があった。

侍が立っている。はっとした。原金之助ではないか。まさか。覚えず、剣一郎は近づいた。足音に気づいて、その侍が振り向き、すぐに声を発した。

「青柳さま」

「おう、金次郎どのか」

弟の金次郎であった。

「こんなところで何をしている?」

剣一郎は訝《いぶか》ってきいた。

「兄の無念を思うとじっとしておられず、つい足がここに向いてしまいました」

金次郎は言い、やりきれないように唇を嚙《か》みしめた。

「そうであろう。そなたたちは仲のよい兄弟であったからな」

剣一郎も兄を失っているので、金次郎の気持ちがよくわかった。

「青柳さま」

金次郎が口調を改めた。

「きょう、父から兄に代わって奉行所に勤めるようにと言われました」

うむと頷《うなず》き、剣一郎はたちまち兄のことに思いをはせた。

剣一郎の兄は十四歳で与力見習いとして出仕している。周囲からも期待されていたほどに出来のよい兄であった。

兄は正義感が強く、一本気な性格だった。ある日、ふたりで町を歩いているときに、商家から飛び出してきた強盗一味と出食わした。その強盗に兄はたったひとりで敢然と立ち向かっていった。兄は強盗三人までを倒しながら、四人目に不覚をとった。

剣一郎は足が竦《すく》んで動けなかった。早くに剣一郎が助太刀に入っていれば、兄が斬られることはなかったのだ。

兄の死によって、剣一郎は与力の道が拓《ひら》けたのだ。

「でも、私は兄の不幸に乗じて、兄に取って代わろうという気にはなれませぬ」

金次郎の声が、剣一郎を現実に引き戻した。

「それに、私は絵師になりたいのでございます」

「そう言えば、兄上からもそのように聞いたことがある。弟は絵がうまいと」

「兄も私が絵師になることを応援してくれていました」

武家の次男、三男はよい養子先を見つけるか、婿《むこ》に入るか。そうでないと、日の目を見ることはない。それが叶《かな》わなければ、親か家督を継いだ兄に面倒を見てもらうしかない。だが、奉行所の与力・同心は付け届けが多く、生活が楽であったから、次男、三男の面倒を見ることもそう難しいことではなかった。

暮らしの面では心配ないが、無為に過ごす辛《つら》さは武士として耐えがたいものである。その点、金次郎は浮世絵師になるという目標があった。

「正直申しまして、私に与力という職は向いていないように思えます」

金次郎の本音を知り、剣一郎は軽い衝撃を受けた。

自分は兄の死によって与力の道が拓《ひら》けたのだ。もし、兄が存命なら今頃は何をしていただろうか。世を拗《す》ねた生き方をしていたかもしれない。

だが、金次郎の場合は逆だった。兄の死によって自分の夢を捨てなければならない事態になっているのだ。

「あっ、つまらないことを口にしてしまいました。お許しください」

金次郎はあわてて頭を下げた。

「いや、重要なことだ。あの世から兄上は金次郎どのに何を託されるだろうか。兄上はきっとこう言うだろう。金次郎、おまえの好きな道に行けと」

しばらく俯《うつむ》いていたが、金次郎はさっと顔を上げた。

「青柳さま。また、お話を聞いていただけますか」

「もちろんだ。いつでもよい。屋敷のほうに来なさい」

「ありがとうございます」

若党の勘助《かんすけ》にも会釈をして、金次郎は先に引き上げて行った。

その後ろ姿を見送りながら、勘助が茫然としている。

「どうした？」

剣一郎は声をかけた。

「あっ、いえ」

あわてて、勘助は顔を向けた。

「ちょっと原金之助さまの奥様のことを思い出していたのでございます。あの奥様は外で会うと、この勘助めにも挨拶をしてくれました。残された奥様のことを思うと胸が切なくなって」

勘助は目尻を濡らした。

「そうだな。あのふたりは似合いの夫婦だった」

兄に代わって、弟金次郎が跡を継ぎ、与力として仕えることになるのであろう。もし、金次郎が浮世絵師の道を歩むことになれば、原家は誰ぞ養子をもらうことになる。いずれにしろ、金之助の妻女はあの家を出て行くことになるのだろう。

金次郎たちの行く末に気を重くしながら、再び歩みはじめ、楓《もみじ》川を新場《しんば》橋で渡る。この辺り一帯を八丁堀と総称している。剣一郎の組屋敷は北島町《きたじま》にある。

組屋敷に近づくと、勘助が一足先に冠木門《かぶき》を潜って、「おかえり」と奥に向かってよく通る声で報せた。

剣一郎が冠木門を潜り、小砂利を敷いた中を玄関に行く。式台付きの玄関に多恵と伜の剣之助、娘のるいが出迎えた。八丁堀以外の御家人では、玄関に妻女が出てくることはない。奥方はまさに奥の役目だけを負っているのであり、玄関への送り迎えは用人がする。

多恵は丸髷に結い、化粧をして眉を剃り、歯を染めている。与力の奥方としての威厳が滲んでいる。剣一郎は剣之助とるいに迎えられ、さっきまでの気うつが少し晴れて玄関を上がった。

廊下を奥に向かう。多恵が裾《すそ》を引いてついて来る。清楚《せいそ》で美しいという評判だった頃の姿とまったく変わらない。ただ、おとなしく控え目だったのが、ふたりの子どもを産んでから凜乎《りんこ》とした様子になっている。

着替え終えて、縁側に座って庭を見ていると、多恵が十四歳と十二歳の子どもの母親と思えぬ若く美しい顔を曇らせて告げに来た。

「今、神田旅籠町の家主助次郎《すけじろう》というひとが、指物師英五郎さんのことでやって来ました。なんだか、あわてている様子」

「英五郎に何かあったのか」

英五郎は江戸でも指折りの指物師だ。英五郎に注文して作ってもらった簞笥や小箱を多恵は気に入っている。

剣一郎が玄関に行くと、白髪の小柄な男が畏《かしこ》まっていた。

「おう、助次郎さんか。いったいどうしたんですね。英五郎に何か？」

「旦那。まだ旦那のお耳にはお達しじゃございませんか」

助次郎の声は震えていた。

「何があったのだ」

「今朝、英五郎さんが強盗殺人の容疑で捕まっちまったんでございます」

「なに？　もう一遍言ってくれ」

剣一郎は聞き違えたのかと思った。

「強盗を働き、ひとをひとり殺したってことで、しょっぴかれてしまいました」

「おいおい、つまらん冗談はよしてもらおうじゃないか。あの英五郎がそんなことをするはずがないではないか」

評判を聞き、剣一郎が指物師英五郎を訪ねたのは五年ほど前だ。

仕事場に入って行くと、英五郎が大店《おおだな》の主人ふうの男と言い合っていた。

「旦那。あっしはお金が欲しくて仕事をしているわけじゃありやせん。あっしの作った品物を気に入り、大事に使ってくださるお方に作って差し上げているんです。どうぞ、お引き取りください」

「こんないい話を蹴るなんて、おまえはばかだ。もういい。こんなところ頼みに来るものか」

言い捨てて、男は手代ふうの供を連れて出て行った。

改めて、剣一郎に目を向け、

「青柳さまでございますね」

と、英五郎が先に声をかけた。

「よくわかったな」

「へい。失礼でございますが、その頰の痣《あざ》。青痣与力の名はここにも聞こえております」

剣一郎はこそばゆい思いで、

「じつは小箱を作ってもらいたくてな」

と、切り出した。

ところが、英五郎は妙なことをきいてきた。

「旦那。何のために入り用なんですかえ」

「何のため？」

「へえ。小箱を作る目的でございます」

「娘の七歳の誕生祝いにと思ってな」

「娘さんのねえ」

英五郎は冷たい言い方をした。

「何か」

「だったら、あっしのところで作るのではなくて、お店でお買い求めくださいな。注文で作るとなると、値も張ります。年端の行かぬ子どもには設《しつら》え物はぜいたくってものでしょう」

英五郎の言い方には一歩も引かないという頑固さがあった。

しかし、英五郎の言い分ももっともだと思った。

「なるほど。そう言われれば、そうだ。これは俺のほうが悪かった」

剣一郎は素直に頭を下げた。

英五郎は意外そうな顔になって、

「旦那。怒らねえので？」

「怒る？　何をだ？　そなたの言うことはもっともだ」

「旦那は娘さんが可愛いんですねえ」

「まあな。可愛くて、つい目が曇《くも》ってしまう。おぬしに言われて反省しているところだ」

「よござんす。お作りしやしょう」

「作ってくれる？」

「あっしは作って欲しいっていう方の心を戴《いただ》いて作るんです。娘への思いが込められた注文なら、否応はありません。ただ、仕上がりはふた月ほど先になってしまいやす。それでもよろしければ」

「うむ。構わぬが、忙しいのだな。それで、さっきの商家の旦那の依頼も断ったのか」

「いえ。あれは違います。あの旦那は、さるお武家さまの娘が嫁いで行くので、豪華な箪笥を贈りたい。値がいくらでもいいから、豪華なものを作って欲しいという依頼でした。ですから、お断りしたのでございます。自分の商売のために、あっしの作った品物を利用して欲しくはありませんからね。贈るなら、心を込めた贈り方があるはず。ですから、お断りしやした。そりゃ、金にはなるでしょうが、あっしは心の籠もらねえ依頼はお受けしないことにしているのです」

「なるほど」

「今、長屋のひとたちから頼まれた仕事をしております。足の不自由な娘さんがめでたく嫁ぐことになりましてね。嫁の貰い手はないだろうと思われていたのに、ある小さな商家の息子に見初《みそ》められたんです。その祝いに、長屋の連中が全員で少しずつ金を出し合って箪笥を贈りたいっていうんですよ。金の問題じゃありませんから」

剣一郎はふと我に返った。

英五郎は気っ風《きっぷ》がよく、曲がったことの大嫌いな男だ。人間的にもしっかりし信用の出来る男だ。

「ほんとうのことでございます」

助次郎の真剣な顔つきに、剣一郎は気を引き締めた。

小伝馬町《こでんまちょう》の牢獄に送るのは夕方になってからで、それまでは奉行所の仮牢に一時入れられておく。

きょうも何人か仮牢に入れられたようだが、まさかその中に英五郎がいようとは……。

「詳しい話を聞かせてくれ」

へい、助次郎は定廻り同心大井武八と岡っ引きの忠治に英五郎が引っ立てられるまでの経緯《いきさつ》を話した。

「職人の伊助が姿を晦《くら》ましているんだな」

剣一郎は何度か見かけたことのある伊助の顔を思い浮かべた。確か、二十七、八。真面目そうな男だったと記憶している。

「伊助さんがいなくなった理由はわかりません」

「英五郎には子どもがいたな」

「へい。十四歳と十二歳の子どもがおりやす」

剣一郎のところと同じだ。

「わかった。掛かりは違うが、調べてみよう」

「よろしくお願いいたします」

助次郎が去って行ったあと、剣一郎の傍に多恵が心配顔で近づいて来た。

「これは何かの間違いです。英五郎さんに限って、そのようなことはあり得ません」

多恵もきっぱりと言った。

「うむ。あとで、大井武八のところに行ってみるつもりだ」

若党の勘助に大井武八の都合をききに行かせたところ、すぐに大井のほうから出向いて来た。

「青柳さま。何か御用がおありとか」

強持《こわも》てのする顔の大井武八が腰を低く接するのは与力に対する同心の態度としてはふつうだが、大井の場合は妙にへりくだっている。強き者には弱く、弱き者に強い。そんな感じが漂う。

「指物師英五郎なる者を強盗殺人の罪で捕らえたそうだな。その事件について詳しく教えてもらいたい」

「何か、ございましたでしょうか」

「おぬしたちのやることに指図をするつもりはないが、英五郎は私の知り合いだ。何かの間違いではないかと思っている。話してくれないか」

「さようでございますか。ならば」

　と、大井は語りはじめた。

「小石川白壁町にある唐物屋『長崎屋』に賊が侵入し、金子《きんす》十両を奪った上に番頭を包丁で刺し殺して逃走いたしました。じつは昼間、指物師英五郎のところの職人で伊助という男が金を借りに来たそうです。そのことがあったので伊助に会いに、英五郎の工房に行ってみると、伊助は姿を晦ましておりました。そこで、英五郎の家を家捜ししたところ金五両に返り血のついた着物が見つかったのでございます。あとで、内儀が賊は英五郎だと思い出したのです。行方不明の伊助のことを、英五郎は口を閉ざし、何も喋《しゃべ》ろうとしません。おそらく、伊助は英五郎が盗んだ金の半分を奪って逃走したんじゃないかと。伊助が捕まれば自分が強盗だとわかってしまうから、口を閉ざしているのでありましょう」

「伊助というのは、金を奪って逃げるような男なのか」

「はい。博打好きのために、女房に男と駆け落ちされたような奴です。女房に逃げられたあと、だいぶ荒れていたそうで。そんな人間ですから、盗人の上前をはねるのはありうべきこと」

　大井は自信たっぷりに続けた。

「英五郎のところも最近は注文が減って困っていたという話です。伊助に長崎屋に金を借りにいかせたが、けんもほろろの態度で追い返されたのを根に持ち、その夜、忍び込んだに違いありませぬ」

「英五郎はそのことを認めていないのだな」

「認めてはおりません」

「英五郎の態度はどうだったかな」

「態度ですか」

「そうだ。お縄を受けるときの様子だ」

「ふてぶてしいまでに落ち着いておりました」

「手向かったりはせなんだか」

「観念したのでしょうか」

英五郎が強盗などするはずはない。人間は見掛けによらぬものであるが、あの英五郎に限ってそんなだいそれた真似の出来る男ではない。姿を晦ました伊助という男は気になる。

女中のおみつと遊んでいるるいの笑い声が聞こえてきた。いったい英五郎に何があったのか。

五

お新が目を開けた。そして、枕元にいる伊助の顔を見て、口許に笑みを浮かべた。

「お新、どうだ、何か食べるか」

伊助は声をかけた。

「何も欲しくない」

このところ、お新は何も口にしなかった。

八王子の八幡町にやって来てから七日になる。

金を持って駆けつけ、その足で医者の家に飛んで行った。この金で朝鮮人参を手に入れてくれと五両を差し出した。

医者はちょっと驚いたような表情をしていたが、伊助と金を交互に何度も見た末に、金に手を伸ばした。これできっとよくなる。そう安堵《あんど》したものの、いっこうにお新に回復の兆《きざ》しはない。

三日目に医者に訊ねた。

「どうなっているんですね」

「そう一遍によくなるものではない。気長に待つことだ」

医者はしかめっ面で言った。

お新の回復の兆候を見定めてから、伊助は江戸に戻るつもりでいたが、日数ばかりを重ねてしまった。英五郎親方に約束した十日まで、あと二日しかない。

このままお新を置いて引き上げるのは気がかりだが、あとは医者に任せて江戸に帰ろうと思った。

「おまえさん。こんな私のためにすみません」

病床からお新が儚《はかな》げな声を出す。

「もうそんなことは言いっこなしだ。俺だって悪いんだ。それより、早く病気を治すんだ。俺は今でもおめえは俺の女房だと思っているんだ」

「おまえさん」

お新が手を伸ばした。伊助がその手を握った。熱いほどだ。熱でもあるのかと胸が痛んだ。腕も白くて細い。

「早くよくなって、またいっしょに暮らそう。今度こそきっとおめえを大事にする」

伊助は言ったあとで、はっとした。

江戸で俺を待っているのは奉行所のお裁きだ。十両を盗み、ひとひとりを傷つけてしまった俺は遠島か、それとも……。

まさか死罪では、と思った瞬間、心の臓に激しい痛みが走った。死罪なんて御免だ、と伊助は怯《おび》えた。

そうだ、このまま逃げてしまおう。そして、お新といっしょにどこぞの町で暮らすのだ。俺は職人だ。どこでも雇《やと》ってもらえる。

ふとそんな思いが頭の隅に掠《かす》めたが、すぐに英五郎の顔が浮かんだ。

庭で烏《からす》が鳴いた。いやな鳴き声だ、と伊助は顔をしかめた。

「おめえはあじさいが好きだったな。あじさいの咲くころにはきっとよくなっている。そしたら、また根津権現《ねづごんげん》にあじさいを見に行こうじゃねえか」

江戸で暮らしているとき、根津権現には毎年のようにあじさいをいっしょに見に行ったのだ。

「いいわねえ」

お新がしみじみと言った。

「よし、いいか。それまでにきっと元気になるんだぜ」

伊助の声に、お新は頷《うなず》いた。

庭に人の気配がした。黄八丈に黒の羽織り姿。医者がやって来たのだ。薬箱を持った供の男がうしろに見えた。

「どうですかな」

そう言って、部屋に上がった。

医者はお新の額に手を当て、それから手首を摑んで脈をとった。医者の表情が厳しいものに変わった。

布団の下をめくり、お新の足をさすっている。

布団を直してから、

「だいぶよくなっております」

と、医者は言った。

しかし、伊助は医者の表情が気になった。

医者は薬箱を取り寄せ、薬を調合して差し出した。

引き上げて行く医者を追いかけた。枝折《しお》り戸を出たところで、伊助はきいた。

「先生。どうなんでしょうか」

「うむ」

気難しい顔のまま、医者は唸った。

「いっこうによくなっているようには思えねえ。いや、だんだん悪くなっているようだ。先生、どうなんでえ」

つい、伊助は問い詰めるような口調になった。

医者は空を見上げ、

「よく晴れておる」

と、呑気そうに呟《つぶや》いたが、戻した顔は厳しいものだった。

医者は伊助に向かって首を横に振った。

「先生。まさか、お新は助からねえっていうんじゃないでしょうね」

「あれほど急激に弱っているとは思わなんだ。もう手の施しようもない」

「なんですって」

伊助は一瞬目眩《めまい》を覚えた。

「あとどのくらいですか」

「十日」

「十日ですって。そんな早く？」

「いや、今夜に逝《い》ってもおかしくない」

伊助は声を失った。

「先生、何とかならないんですかえ」

やっと声を出した。

「残念ながら」

「朝鮮人参を呑ませれば助かるって言ったじゃねえですか」

「すべて手遅れだったのだ」

医者は静かに言った。

「あとは、安らかな最期になるように看取《みと》ってあげることです」

医者が去ったあとも、伊助はしばらくその場から動けなかった。通りがかった前掛けをした小僧が気味悪がって避けて通った。

やっと、伊助は離れの座敷に戻った、お新は眠っていた。蒼白い顔だった。

胸の底から込み上げてくるものがあって、伊助はすぐに部屋を飛び出した。


その夜、八幡町の外れにある一杯呑み屋で、伊助は酒を呑んでいた。いくら呑んでも酔わない。お新のやつれた姿が頭にこびりついていて離れない。

お新は俺を裏切って男と駆け落ちした女だ。そんな女のために悩むことはない。そういう声がするが、すぐに所帯を持った頃のことが思い出されて胸が苦しくなる。

「おやじ、もう一本」

伊助が叫ぶように言う。

「もうやめておきな」

頑固そうな亭主が傍にやって来た。

「心配すんねえ。金ならある」

五両以外に、貯えていた金を持ってきていた。

「そうじゃねえ。体を心配しているんだ。もう相当呑んでいるぜ」

目の前に何本も徳利が転がっていた。

「ちっ」

伊助は立ち上がり、

「いくらだ」

と、怒鳴った。

「つりはいらねえよ」

伊助はよろける足で店を出た。

夜道に野良犬が歩いている。

方向が定まらず、いい加減な方向に歩きはじめたとき、後ろから呼び止められた。

「ちょっと兄さん」

「俺か」

伊助は振り向いた。

黄色い木綿の着物姿の年増が近づいてきた。着物の柄に見覚えがあった。さっきの呑み屋にいた女だ。

「姐《ねえ》さん、俺に何か用かえ」

「呑み足りなそうだったから、いっしょに呑み直さないかと思ってね」

「姐さんもまだ呑み足んねえのか」

「そんなところさ」

女は二十七、八。どこか崩れたところがあり堅気の女とも思えない。ちょっと小肥りだ。世辞にも器量はいいとは言えないが、やや上向きの鼻やえらのはった顔に愛嬌《あいきょう》があった。

「姐さん。どっか呑める場所を知っているのか」

「ついてきな」

伝法《でんぽう》に言い、女は歩き出した。伊助はよろける足でついて行く。やがて、路地を入り、一膳飯屋の看板の掛かっている店の前にやって来た。

卓が三つあるだけの小さな店だ。

「熱燗《あつかん》ね」

女は樽椅子《たるいす》に座ると、奥にいる白髪の痩せた亭主に言った。

「お兄さん。名前はなんていうの?」

「伊助だ。姐さんは?」

「おらくよ」

「おらくさんか」

亭主がやって来て、黙って徳利を置いて行った。無愛想な亭主だ。

「さあ、いきましょう」

おらくが酒を注いでくれた。

「すまねえな」

それから、伊助が徳利を摑むと、

「あら、いいのかえ」

と、おらくは猪口《ちょこ》を差し出した。

「どうして、俺に声をかけたんだえ」

伊助は呂律《ろれつ》のまわらない声できいた。が、自分ではそれほど酔っているとは思ってもいなかった。

「伊助さん。さっき泣いていただろう」

「俺が？」

そんなみっともない真似をしていたのかと、伊助はうろたえた。

「よほど、辛《つら》いことがあったんだろと思ってね」

おらくがしんみり言う。

「なんだかみっともねえところを見られちまったようだな」

伊助は自嘲気味に呟《つぶや》いた。

お新のことを思い、つい涙が出てしまったのだ。あと僅かの命と聞かされ、気が動転していたのだ。

「何があったのか知らないけど、男が人前で涙を流したんだ。よほどのわけがあると思うのも無理ないだろう」

「まあ、他人には関わりねえことさ」

「そうかもしれないけどさ、でも、きっと女のことだろう」

伊助は顔を上げた。

「どうやら図星だね」

おらくは笑って、

「うらやましいね、その女のひと。自分のために泣いてくれる男がいるってのはさ」

「おらくさんにはいいひとがいねえのか」

「こんな女にいるものかね。皆、体の上を素通りさ」

おらくは寂しそうに笑った。

「見る目がなかったんだ、男に」

伊助はなぐさめた。

「あら、嘘でもうれしいよ」

「いや、嘘じゃねえ。おらくさんといっしょにいると気持ちが落ち着いてくる」

伊助はお新のことを忘れ、呑みはじめた。

すると急に酔いがまわってきた。

窓から陽光が射し込んでいる。

起き上がった。頭が痛い。二日酔いだ。

「お目覚めかい？」

声がした。顔を向けると、女が笑っていた。

「ここは？」

「あたしの家だよ」

誰だと思い出そうとしたが、頭の芯に痛みが走った。

「水をくれねえか」

「待ってな」

女はすぐに瓶《かめ》から水を縁の欠けた丼《どんぶり》にいれて持ってきた。

水を呑むと、ようやく落ち着いてきた。

そうだ。この女はおらくと言った。だんだん思い出してきた。おらくに声をかけられ、一膳飯屋で呑み直した。

そこを出てから、おらくの肩に摑まって静まり返った町中を歩き、橋を渡ったことまでは覚えているが、その後のことはまったく記憶になかった。

「なんか迷惑をかけちまったな」

「ゆうべ、ずいぶん呑んだからね」

急に、お新のことが気になった。いきなり立ち上がったとたん、頭痛が襲った。いててと頭を押さえてしゃがみ込んだ。

「無理しないで、ゆっくりしておいきな」

「そうもしてられねえんだ」

この間にもお新に万が一のことがあってはと、気が急《せ》いた。

「すっかり面倒をかけちまったな」

伊助は土間に下り立った。

「ほんとうに行ってしまうのかえ」

残念そうに、おらくも外までついてきた。

「帰り道はわかるね」

「なんとかなるだろう」

伊助は駆け出した。

お新のところに着いたとき、世話をしている女房が伊助の顔を見るなり、駆け寄って来た。

「どこに行っていたんだ。今朝から、お新さんの様子がおかしいんだよ」

「なんだって」

伊助はお新の傍に駆けた。

六

吟味のために囚人たちは小伝馬町の牢屋敷から奉行所に呼び出され、取調べの順番を待つため奉行所内にある仮牢に入れられる。

その日、英五郎が呼び出されていた。剣一郎は牢屋同心に頼み、英五郎を鞘《さや》と呼ばれる土間の廊下に引き出してもらった。

英五郎は剣一郎に気づいて、

「青柳さま」

と、声を出した。

「英五郎。いってえ、どうしたっていうんだ」

剣一郎は厳しい声できいた。

「面目次第もございません」

英五郎は土間に手をつき、頭を下げた。

「おまえさんがあんな真似をしたとは思えねえ。わけを話してくれないか」

「申し訳ありません。あっしの口から言うわけにはいきません。どうぞ、しばらく待ってやっておくんなさいまし」

「失踪した伊助という職人を庇《かば》っているのか。伊助は五両を奪って逃げたそうではないか」

「青柳さま。どうぞ、ご勘弁を」

英五郎は哀願する。

「なぜだ。なぜ、伊助を庇う?」

英五郎はただ申し訳ありませんと言うばかりだった。

「内儀さんや子どもたちに何か言づけはないか。伝えておく」

「ありがとう存じます。お言葉に甘えまして、お願いしてよろしいでしょうか」

「もちろんだ」

「じゃあ、女房や子どもたちにはこうお伝えくださいまし。お父っつあんを信じて待っていてくれと。留守をしっかり守ってくれと」

やはり、何かの事情から伊助を庇っているのだ。

「確かに、伝えておく。親方、牢内は辛いだろうが、気をしっかり保って頑張るんだぜ」

「へい。ありがとうございます」

英五郎は再び仮牢に戻った。

その日、帰宅してから着流しに浪人笠をかぶって剣一郎は屋敷を出た。若党の勘助がついてきた。

神田旅籠町にある指物師英五郎の家はひっそりと静まり返っていた。

油障子を開けて土間に入る。若い職人がひとりで鉋《かんな》を使っていた。

「内儀さん」

と、その職人が奥に呼びかけた。

しばらくして、英五郎の女房おさわがやって来た。

「これは青柳さま」

しっかり者の女房という評判だけあって、おさわは気丈に振る舞っている。が、顔のやつれは隠しようもない。

「とんだことだったな」

「はい。青柳さま、どうぞこちらへ」

「いや、ここでよい。英五郎から言づかってきた」

言づけを話すと、おさわは目尻を濡らした。

「私はうちのひとを信じております。子どもたちも、同じです」

うむと頷いてから、

「ところで、英五郎は伊助のことを庇っているようだ。今、伊助がどこにいるのか、おまえさんは知らないか」

「知りません」

おさわの表情が微《かす》かに変わったのを見逃さなかった。

「俺は英五郎を信じている。だが、このままじゃ英五郎の容疑を晴らすことは難しい。なんでもいいから知っていることを教えちゃもらえないか」

「旦那のお気持ちは涙の出るぐらいうれしゅうございます。ですが、私は何にも知らないんでございます」

「ところで、伊助はどういう経緯でここで働くようになったんだね」

「はい。伊助がうちに参りましたのは十年ほど前でございます。それまで修業していた親方が亡くなり、途方にくれていたのを、うちのひとが声をかけてやったのでございます」

「腕はいいらしいが、聞くところによると、博打に狂って、おかみさんに逃げられたそうじゃないか」

「いえ、あれは若気の至り。子どものときから厳しい修業に耐えてきて、どうにか一人前になり所帯も持った。そこに慢心があったのでしょう。つい自分を見失ってしまったんです」

「おかみさんに出て行かれて、正気に戻ったってわけか」

「はい」

「しかし、そんな自堕落な生活に陥《おちい》りながら、英五郎は伊助を見放しはしなかった。なぜ、それほど肩入れをするのだ？」

「確かに、博打に溺れているときは、周囲からあんな男は破門にすべきだと言う声が上がりました。おかみさんに出て行かれたあとの自堕落な暮らしに、私ももう伊助はだめだと言ったのです。でも、うちのひとは伊助はきっと立ち直る。そう信じていました」

内儀は続ける。

「それは伊助のまっすぐな性格を知っていたからでございます。とくにお金の面ではきれいなところを気にいっていたのです。博打に手を出しても、すべて自分で稼いだ金で遊んでいました。借金などしていません。おかみさんには最低限の暮らしの金は渡していたのです。伊助は誰もいない作業場に落ちていた僅かな金子を見つけても必ずうちのひとに渡していました。猫ばばしようと思えば出来るのに……」

「しかし、それにしても伊助への肩入れはふつうじゃねえと思うのだが？」

剣一郎はなおもきいた。

「じつは、うちのひとは伊助を実の弟のように思っているのです」

「弟？」

「はい。うちのひとの弟は二十歳《はたち》の頃、悪い仲間と遊び呆《ほう》けておりました。あるとき、弟が必ず返すから金を貸してくれと頼んできたそうですが、うちのひとは貸さなかった。困っている娘を助けたいのだと言い訳をしたそうですが、信用出来なかったのです。その夜、弟は手文庫から三両を奪って出奔してしまいました。それから一年後、弟が見るも無残に痩せさらばえて帰って来たのです。そして、うちのひとに三両の金を返しました。その金は土木人足をして貯めたそうでございます。無理がたたったのでございましょう。寝ついたと思ったら、あっけなく弟は逝《い》ってしまいました。それからひと月ほど経ってから、年寄りと娘が弟を訪ねてきました。その娘さんが親の借金苦から身売りされるのを弟が助けたというのです。あの三両はそのためのお金だったそうです」

内儀は目頭を拭《ぬぐ》い、

「うちのひとは、あんとき弟の言葉を信じて三両を貸してやれば死なすことはなかった。俺は何って薄情な男なんだと自分を責めていました。そんなときに、伊助が現れたのでございます。伊助は死んだ弟によく似ているんです」

「なるほど。そういうことがあったのか」

剣一郎は作業場に目をやり、

「他の職人さんは？」

「主人があんなことになり、仕事の注文も途絶え、ふたりが辞めていき、残るのはあの子だけでございます」

そう言って、おさわは若い職人に目をやった。

若い職人は一心不乱に鉋を使っている。

「内儀さん。何かあったら、どんなことでもいいから俺のところに来てくれ。きっと悪いようにはしない」

「ありがとう存じます」

外に出てから、英五郎の家を振り返った。

おさわも伊助のことを隠しているようだ。英五郎といい、おさわといい、いったい伊助の何を守ってやろうとしているのか。

八丁堀に戻って来た頃にはすっかり辺りは暗くなっていた。


その夜、剣一郎は橋尾左門の屋敷に出向いた。

「おう、よう来た。さあ、上がれ」

左門は剣一郎を急かした。

「突然ですまん」

「何を言うか」

すぐに妻女も出て来て、酒肴《しゅこう》の支度をした。

酒を酌《く》み交わしていると、ふいに左門が言った。

「おぬし、何か俺にききたいことがあってやって来たのだろう」

剣一郎は口に盃を運ぶ手を止め、

「わかるか」

「わからんでか。だいたい、おぬしは俺と酒を酌み交わそうと言いながら、その実、たいていは俺から聞き出すことが目的だ。違うか」

「そうではない。たまたまだ」

奉行所では剣一郎に対しても厳《いか》めしい顔で鬼与力の体裁《ていさい》を繕《つくろ》っているが、屋敷に戻れば幼馴染《おさななじ》みの砕けた間柄になる。

「まあいい。何だ、ききたいことがあれば早く言え」

「では、そうしよう。じつは、指物師の英五郎の件だ」

「英五郎？　きょうの昼間、取り調べた者だな」

英五郎の取調べに当たったのが左門である。

「そうだ。俺は英五郎をよく知っているが、あんな義俠心に満ちた男はいない。強盗殺人などするはずがない」

「ひとはわからんからな」

「きょうの吟味の様子を聞かせて欲しい」

左門は小首を傾げ、

「あの者は肝心な点になると口をつぐんでしまう。己《おのれ》にとって不利になるとわかっていながら口を閉ざしている」

「肝心な点とはどういうことだ？」

「金の件だ。なぜ、金を持っていたのか言えないのだ。それから、伊助のことも言わん」

「なぜだろうか」

「わからんが、ひょっとしたら伊助はすでに死んでいるのかもしれない。だから、言えないのだ」

「英五郎が伊助を殺したとでも考えているのか。そんなはずはない。英五郎はそんな男ではない」

剣一郎は覚えず力んだ。

「場合によっては拷問に訴えるしかないかもしれん」

「だめだ。拷問などに屈するような男ではない」

剣一郎は英五郎の気っ風を考えて言った。たとえ、拷問の責め苦に命が果てそうになろうとも口を割ることはあるまい。

「英五郎はそういう男だ」

「だが、長崎屋の内儀の証言がある。盗人は二の腕に黒子があったという。英五郎にもまさに同じ場所に黒子があった。それから血糊のついた着物、五両という金。これは動かしがたい証拠だ。英五郎に逃れる術《すべ》はあるまい」

「いや。英五郎は何かを待っているのだ」

「何かとは何だ？」

「伊助だ。伊助が帰ってくるのを待っているのだ」

ふと思いついて言ったことが間違いないように思えた。

七

医者がお新を診《み》ていた。お新は荒い息をしていた。おらくという女の家から朝帰ると、お新の容体が変わっていた。

お新を励まし、昼が過ぎ、夜になった。お新の命の灯が消えるのも時間の問題だった。それでもお新は頑張っていた。

お新の顔が微かに動いた。

「お新。俺だ、伊助だ」

大声で呼びかけ、顔を覗《のぞ》き込むと、お新がうっすらと目を開けた。

「おまえさん」

微《かす》かな声が出た。お新の顔は蒼白い。頬もこけて、別人のようだ。もう、いけないと、伊助はやり切れなくなった。

お新は伊助がよく行く一膳飯屋で働いていた女だ。お新の叔母《おば》がやっている小さな店で、病気がちの叔母のぶんまでよく働いていた。

仕事帰りに一杯やりながらお新の姿を眺めるのが伊助の楽しみだった。が、突然叔母が倒れ、あっけなく逝ってしまった。弔《とむら》いが終わっても一膳飯屋に暖簾《のれん》がかからず、伊助は思い切ってお新を訪ねた。すると、店は借金の形《かた》に人手に渡ることになったという。お新は身の振り方を考えているところだと言った。

俺の嫁になってくれ。伊助は口に出した。断られるのを覚悟で言ったのだが、お新がぼろぼろ涙を流し、大きく頷いてくれたのだ。そのときのことがまるできのうのごとく思い出された。

「しっかりしろ。俺がついている」

伊助はお新の手を握った。

お新が握り返してきた。

「ちょっと、障子を開けて」

「障子?」

外は暗い。何も見えないと言おうとしたが、伊助は障子を開けた。

「起こして」

「えっ」

「庭が見たい」

医者が目顔で頷いた。

伊助はお新の肩を抱いて起こした。庭は真っ暗だ。

「おまえさん。あじさいがきれいだね」

「あじさい？」

幻覚だ。だが、伊助は合わせた。

「お新。ほんとうにきれいだ。ほれ、あんなに見事に咲いている」

「ええ」

お新は口許を綻《ほころ》ばせた。

「お新。根津権現のあじさいを見に行こう」

しかし、お新からの返事はなかった。

「お新」

伊助は大声で叫んだ。

医者が脈を診、瞳孔を調べてから首を横に振った。

「お新」

伊助は嗚咽《おえつ》をもらした。ちくしょう。お新を殺したのはお新と駆け落ちし、そして屑《くず》のように捨てた春吉という男だ。

見つけられるものなら見つけて殺してやりたい。だが、伊助にはその時間はなかった。

お新の野辺送りは寂しいものだった。寺に供養の金を納め、世話になったひとたちに礼を言い、すべてけりがついた。

明日は江戸に戻ると決め、その夜、伊助は無愛想な亭主のいる一膳飯屋に行ってみた。おらくに会えればよし、会えなければそれでもいいという気持ちだった。

暖簾を潜って油障子を開けたが、おらくはいなかった。客も誰もいない。

この前と同じ場所に座り、亭主に酒を頼んだ。

お新のために強盗まで働いた。お新を助けたいばかりにやったことだ。それが無駄になった。きょうまでのことが夢の中のようだった。

英五郎親方が待っている。早く帰って安心させてやらねばならない。お新が死んで、俺も生きて行く気力が失せたと、伊助は思った。死罪も怖くなかった。

油障子が開き、風が吹き込んだ。顔を向けると、おらくが入って来た。

「あら、伊助さん」

おらくはそう言って、伊助の前に腰を下ろした。

「待っていたんだ」

「覚えておいてくれたのかえ、うれしいね」

おらくは伊助の顔を見て、

「おや、おまえさん、泣いているのかえ」

と、驚いたようにきいた。

「そうじゃねえよ」

伊助は顔を背《そむ》けて目尻を拭った。

「辛いね、生きていくってことは」

おらくが手酌で酒を注いで呟く。

しばらくしてから、おらくの家に行った。そこで、また呑み直した。

「おらくさんは何をやっているんだい」

毎晩呑んだくれているような暮らしが不思議だった。ひとりで暮らしている。

「あたしはもともと芸者だったのを生糸問屋の旦那に引かされてね。一軒を構えてもらって、ときたまやって来る旦那を待つ暮らしをしていたのさ。ところが、その旦那が去年の夏にぽっくり逝っちまってね」

囲い者だったと聞けば、なるほどと頷けた。

「冷たいね。旦那の伜《せがれ》から端金《はしたがね》を渡されて家を放り出されちまったのさ」

「ひでえな」

伊助は憤慨した。

「無理もないけどね。本妻が生きているんだから」

「さあ、呑もう」

伊助が酒を注ぐ。

「伊助さんは江戸のひとだろう」

「ああ。そろそろ帰らなきゃならねえんだ」

「帰る？」

おらくが急に顔色を変えた。

「行かないでおくれ」

いきなりおらくがしがみついてきたので、伊助がびっくりした。

「行くなら、あたしも連れて行って」

「そいつは出来ねえ」

「江戸にいいひとが待っているのかえ」

「そうじゃねえ。そうじゃねえが、俺は……」

俺は強盗を働いてしまったのだという言葉を呑み込んだ。

お新のためにやったことだが、その甲斐《かい》もなかった。死罪、よくて遠島だ。

「何があるんだい？　おしえておくれよ」

目を瞑《つむ》って首を横に振った。

しばらくおらくから声がなかった。

「せめて帰るのを延ばして。お願い」

おらくが下から訴えかけるように言った。

この女も寂しいんだ。一瞬、英五郎の顔が過《よぎ》ったが、伊助は頷いていた。

第二章　剣一郎、起《た》つ

一

家並みが切れ、左手に雑木林。その向こうは水戸《みと》中納言《ちゅうなごん》の屋敷。右手は火除地で野原になっている。昼間なのに人気《ひとけ》のない寂しい道だった。

剣之助はお志乃《しの》と並んで歩き、少し遅れて、剣之助の供の正助《しょうすけ》とお志乃の供の女中およねがついてくる。

お志乃は御家人小野田彦太郎《おのだひこたろう》の息女であった。

「お志乃さん。疲れませんか」

剣之助はお志乃に声をかけた。八丁堀与力青柳剣一郎の長子である剣之助はまだ十四歳ながら背も五尺半（約百六十六センチ）を超えていた。

「はい。大丈夫でございます」

細い声で答えたのは、やはり足が疲れているからのようだ。

ならず者にからまれていたお志乃を助けたことから知り合いになり、亀戸《かめいど》天満宮の鷽替《うそ》え神事にも一緒に行った。

きょうはお志乃の用事に付き合ったのである。

お志乃の気にいっていた唐津《から》焼きの置物が盗まれたのは一年前のことらしい。ところが、それによく似た置物が稲荷《いなり》町の骨董《こっとう》店で売りに出されていると屋敷に出入りの貸本屋から聞いて、わざわざその店まで見に行ったのだ。

果たして、盗まれた置物に似ていた。お志乃は盗まれた物に違いないと思ったようだ。が、それが当の物と同一であるという証《あかし》はなかった。それに、盗まれた物と思っても、すでに人手に渡っているのであり、それを手に入れたければ買い戻さねばならない。そこに五両という値がついていた。

「この品物はどこから手に入れたのでございましょうか」

剣之助がきくと、骨董屋の主人は、

「牛込《うしごめ》のほうの、さるお旗本の奥方さまより手に入れて参りました」

と答えたが、旗本の名を言おうとはしなかった。

お志乃は諦めて二人は引き上げてきた。しょげているお志乃をなぐさめ、剣之助はお志乃を屋敷まで送って行くところだった。

小石川の組屋敷までもうじきだが、お志乃の歩みがのろくなった。足にマメでも出来たのか、ときたま形のよい眉をひそめている。

剣之助はいきなり前に出て、お志乃の前で背中を見せてしゃがんだ。

「おぶりましょう」

お志乃が驚いている。

「遠慮はいらない。人通りはないし、気にすることはありません」

「でも」

「さあ」

剣之助が言ったとき、突然大声がした。

「そんなに言うなら俺がおぶってもらおうか」

はっとして、立ち上がると、五人の屈強な男たちが近づいて来た。遊び人ふうの者たちの中に髭面《ひげづら》の浪人者がいた。酔っぱらっているようだ。浪人は肩に徳利を下げている。

「おい、小僧。往来でいちゃいちゃするんじゃねえよ。へえ、別嬪《べっぴん》じゃねえか、この娘。ちょっとつきあえ」

無頼漢《ぶらいかん》のひとりがお志乃の腕を摑もうとした。

「無礼もの。何をする」

剣之助は男の腕を摑んでねじ上げた。

「いてえ」

男は絶叫した。

さっと緊迫した空気が流れた。

「お嬢さま」

女中のおよねが駆けつけた。

「剣之助さま。私が相手を」

正助が剣之助の前に立ったのを、

「いい。ふたりを頼む」

と、お志乃のほうを心配した。

「はい」

剣之助は一歩前に出て無頼漢どもと対峙した。

「小僧。なめた真似しやがって」

獰猛《どうもう》な顔つきの男が匕首《あいくち》を抜いた。にやりと笑うと歯茎が剝《む》き出しになった。

相手は喧嘩《けんか》馴れしているようで、匕首を構える手に無駄がない。

父剣一郎と同じ江戸柳生《やぎゅう》の流れを汲む真下《ました》流を学んでおり、弱冠十四歳ながら腕に自信があった。

だが、お志乃と知り合うきっかけとなったときの無頼漢と違い、匕首の扱いに慣れているようだ。夢中で剣之助は剣を抜いた。陽光を浴び、白刃が光った。剣の重みが腕に伝わった。とたんに、かつて味わったことのない恐怖が全身をつらぬいた。

「ほう、抜きやがったな。もう小僧だと思って容赦はしねえぜ」

顔を歪めて言い、男は威嚇《いかく》するように、ひょいひょいと匕首を軽く突き出した。匕首が目の前に迫ったとき、無意識のうちに剣が反応していた。

剣之助は遮二無二に突進する。相手が後退《あとじさ》って逃げる。味方の不利を悟ったのか、ふたりの男が加勢に入り、左右から匕首を向けた。

右の男が横合いから襲ってきたのを体を開いて右手一本の剣で払い、矢継ぎ早に襲いかかった正面の男と左手の男の手首を打ちつけ、匕首を落とさせた。

無頼漢は手首を押さえて呻いた。

「小僧、やるな」

髭面の浪人が徳利を他の男に渡した。巨軀だ。

浪人が剣を抜く。剣之助は正眼に構えたが、だらりと剣を下げた浪人の構えに隙《すき》はなかった。

「何をするのですか」

女中の声とお志乃の悲鳴。無頼漢のひとりがお志乃の手首を摑んでいた。

「離せ」

正助が無頼漢に飛び掛かる。正助は十九歳。色白で細身の体だが、小太刀を習っている。

が、相手は多勢だ。

剣之助は浪人と対峙していて動けなかった。額に汗が滲《にじ》む。

そのとき、待て、と駆けつけた着流しの侍がいた。

「おいおい、大の男が何人もかかってみっともねえと思わねえのか」

そう言って、無頼漢を投げ飛ばした。お志乃が侍を見た。

「葛城《かつらぎ》さま」

「お志乃さんか。もう心配いらねえぜ」

葛城という侍は長身で顎髭が濃い。着流しに刀を落とし差しにし、片手を懐に入れている。

葛城小平太《こへいた》は浪人の前に立ち、

「そんなぶっそうなものは捨てろ」

と、諭した。

「痛い目に遭いたいのか」

浪人は歯茎を剝《む》き出しにして笑った。

「いくぞ」

間合いを詰めながら、浪人は上段に構えた。が、そのまま棒立ちになった。小平太は爪先立ちで膝を開いて腰を落とした。手は剣の柄にかかっている。

浪人の獰猛《どうもう》な顔がだんだん紅潮してきた。浪人は目を剝いて唸《うな》っている。

苦し紛れに、えいと浪人が斬りかかった。小平太の剣が鞘走った。

浪人の剣が手を離れ、宙に舞っていた。

葛城がいつ剣を抜いたのか、剣之助の目には見えなかった。すでに葛城の剣は鞘に納まっている。剣之助はただ感嘆するだけだった。

髭面の浪人が恐怖におののいた表情をしていた。

「おい。おめえたち。今度悪さしたら叩き斬ってやるぜ」

葛城が無頼漢どもに一喝する。

「ちっ。覚えていやがれ」

浪人は無頼漢どもを引き連れ、捨てぜりふを残して逃げて行った。

「葛城さま。危ういところをありがとうございました」

お志乃が葛城に駆け寄って言った。

「まあ、俺が入らなくてもなんとかなっただろうよ。誰だえ、このひとは？」

葛城はじろじろと剣之助の顔を見て言った。

「私は青柳剣之助と申します。危ういところをお助けいただき誠にありがとうございました」

剣之助は興奮していた。居合を見るのははじめてだった。いったい、このひとは何者なのだろうと、無頼な感じの侍を見つめる目が輝やいていた。

「そんな礼には及ばねえよ。じゃあ、気をつけて帰るんだぜ」

「葛城さま。父がどうしているのだろうって気にしておりました。どうぞ、お顔をお出しくださいまし」

「敷居が高くてな。そのうちにお邪魔すると言っておいてくれ」

「でも、私の家はすぐ近く。ここまでいらしたのなら、ぜひお寄りくださいませ」

「まあ、今度にしよう。じゃあ、お父上によろしく言ってくれ」

葛城はそう言い、足早に去って行った。

「あの御方は？」

「父の配下だった葛城小平太さまです。女のひとのことで事件を起こしたとか聞いています」

お志乃の父親小野田彦太郎は、近習番組頭《きんじゆうばんくみがしら》を務めている。葛城小平太はその配下にいながら、士籍を剥奪されてしまったという。

「腕は立つのに惜しい男だと、父がいつも申しておりました」

「そうですか。ほんとうに凄い腕ですね」

剣之助は葛城小平太の後ろ姿が小さくなるまで見送った。浪人暮らしが板に付き、御家人だったという面影はなかった。

「葛城さまには小さい頃、よく遊んでもらった記憶があります。とても、やさしいお方なんです」

「やさしい？　お志乃さんはあの御方が好きなんですね」

剣之助は改めて小平太のことを考えた。

「まあ、恐ろしゅうございました」

およねが近寄ってきた。

「さあ、先を急ぎましょう」

およねが急かした。

歩き出したが、剣之助は葛城小平太の技が脳裏に焼きついていた。あれは居合なのだろう。恐ろしいまでの剣だ、と剣之助はまだ興奮していた。

町家が途切れ、侍屋敷が続いている辺りにやって来た。

「剣之助さま。ここでお引き取りくださいませ」

突然、およねが剣之助の前にまわって言った。

「およね。なんということを言うのですか。剣之助さまにお寄りいただいて」

「とんでもありませぬ、お志乃さま。奥方さまがお許しになりません」

剣之助は唇を嚙んだ。

お志乃の母親は剣之助のことをあまり快く思っていないようだ。一度会ったときの突慳《つっけん》貪《どん》な態度を思い出す。

「私はこれで」

剣之助はお志乃に言った。

お志乃は残念そうな顔をして、

「剣之助さま。また、お誘いください」

「はい」

剣之助は微笑んでから踵《きびす》を返した。

歩きはじめてしばらくして、背後から名前を呼ばれた。

「剣之助さま。およねさんが」

正助が声をかけた。

立ち止まって振り返ると、およねが走ってくる。

何事かと、剣之助は待ち構えた。

「ちょっとよろしいですか」

近寄って来てから、およねが言った。

うしろを振り返ったのは、お志乃に内緒で追いかけてきたからかもしれない。

「なんでございましょうか」

「剣之助さま。あなたとお志乃さまとはとてもお似合いだと思っております。ふたりが夫婦になればよいと願っております」

剣之助はあわてて、

「まだ、私は十四歳です。そのようなことは」

考えてはいないと答えたが、およねは真顔で、

「されど、このままではおふたりの仲はうまくいきません」

と、忠告するように言った。

「えっ、どういうことですか」

剣之助はきき返した。

「小野田家は小身の御家人とはいえ近習番組頭を務めるお家柄。奥方さまは格式にうるさいお方です」

「格式……」

「よくお聞きください。奥方さまはお志乃さまを格式のある御家の方に嫁がせようとしております。あるいは、婿《むこ》にして御家を守るおつもりでございましょう。剣之助さまに家を捨てる気があるのならお志乃さまと付き合っていてもよろしいでしょうが、そうでなければ、今のうちに別れることがおふたりのためだと思います」

剣之助は言葉が発せられなかった。

「今のうちにはっきりさせておかなければ、あとで悲しみを見ることになります。どう

ぞ、剣之助さま。そのことをお考えくださり、その覚悟がないのであれば、もうお志乃さまにはお近づきになりませんように」

「しかし、私はただお志乃さんとは」

「いえ」

およねが遮《さえぎ》った。

「お志乃さまの気持ちは私が一番よく存じあげております。なれど、奥方さまはお志乃さまが与力の家に嫁ぐことなど金輪際承知しますまい」

「与力は江戸の治安を守る大事な仕事だと思いますが」

「それはご立派なお仕事だと思いますが、やはり奥方さまは格式にこだわりがございますので。お奉行所の方は付け届けがあるからよい暮らし向きでございましょう。まあ、よけいなことを申しました」

剣之助は返答に詰まった。与力は町奉行所だけではなく、御留守居や大御番などの諸組にいる。が、町奉行所与力は罪人を扱うので卑《いや》しめられており、一段と低く見られていた。

「よろしいですね」

およねが強い調子で言った。

「このことはお志乃さんもご承知なのですか」

「いえ。私の独断でございます。じゃあ、失礼仕《つかまつ》ります」

踵を返して、およねはすたすたと去って行った。

剣之助は茫然とおよねの後ろ姿を見送った。奉行所の与力が他の武士からどのように見られているのか、はじめて思い知らされたような気がした。

二

きょうは朝から風が強かった。こんな日は剣一郎も風烈廻りとして市内の見廻りに出る。途中、剣術道場から岡っ引きが出て来るのを見かけた。

江戸中の道場をまわって居合をよくする侍を調べ出しているのだ。原金之助を斬ったのは居合の達人だ。

与力殺しの捜査のためにお奉行直々に与力、同心たちを叱咤激励《しったげきれい》していたが、十日以上経つのに、原金之助を殺害した犯人に関する手掛かりは未《いま》だ摑めなかった。

事件の捜査が定町廻り同心の役目であり、剣一郎は捜査に関わりたい気持ちがあっても管轄違いであった。

それより、英五郎の件がある。市内を巡回し、神田佐久間町三丁目に差しかかったときに、剣一郎は自身番に寄ってみた。

玉砂利を踏み、土間に入る。八畳敷きの部屋に家主や店番の者が座っている。

「すまねえが、指物師の伊助のことを知りたいんだが」

「伊助なら私がよく知っております」

自身番にいた大家の多平《たへい》が顔を向けた。

「伊助はかみさんに逃げられたらしいな」

「へい。出入りの小間物屋といっしょに駆け落ちしたんです」

そのことが今回の事件と関係があるかどうかわからないが、剣一郎は気になった。

「かみさんというのは今どうしているのか耳に入っているのかね」

「いえ。いっこうに」

「かみさんの名は？」

「へえ。お新さん」

「お新か。で、いっしょに逃げた男っていうのはどこの誰なんでえ」

「春吉っていう気障《きざ》な野郎です。江戸にいづれえことがあって、その駄賃にお新さんを攫《さら》って行ったんじゃないでしょうか」

「春吉はどこに住んでいたんだね」

「いえ、知りません」

「伊助はお新さんに未練があったんだろうか」

「へえ、そうだと思います。逃げられたあと、しばらくは自棄《やけ》になってましたから」

「お新の故郷はどこだか知っているかね」

「確か、秩父《ちちぶ》だと聞いたことがあります」

「秩父か」

ひょっとしたら春吉とお新は秩父に行って暮らしているのかもしれないと思ったが、今回の伊助の事件とは関係はなさそうだ。

「伊助に身内は？」

「とうに両親《ふたおや》が亡くなっていますんで、他には誰も。英五郎親方が兄貴代わりっていうんでしょうか」

「最近、伊助に変わった様子はなかったかね」

「いえ、特には……。ただ何日間か留守にしていました。どこに行ってたのかはわかりません」

自身番を出ると、強風は止んでいた。同心の礒島源太郎と只野平四郎と共に、剣一郎は奉行所に引き上げた。

数寄屋橋御門に差しかかったとき、弾んだ足取りで歩いて来る小僧とすれ違った。十歳ぐらいか。小僧は橋を渡り、鍛冶《かじ》橋のほうに向かった。

ふと剣之助の十歳ぐらいの頃を思い出しながら、奉行所に向かった。

奉行所に近づいたとき、通用門から同心たちが飛び出して来た。その中に、植村京之進《うえむらきようのしん》がいて、声をかけてきた。

「あっ、青柳さま」

「どうした、何かあったのか」

「犯人から文が届きました」

「なに、文だと」

「小僧が門番に届けたのです。仔細《しさい》はのちほど」

「構わぬ。行け。小僧は鍛冶橋のほうだ」

京之進は仲間の同心のあとを追って行った。文を持って来た小僧を取り押さえ、依頼主を探そうとしているのだ。

剣一郎はすぐ年番方の宇野清左衛門に会いに行った。

「宇野さま。よろしいでしょうか」

「おう、青柳どのか。さあ、これへ」

宇野清左衛門は待っていたように剣一郎を招き寄せた。

「今、耳にしましたが、犯人から文が届いたとか」

「うむ。大胆不敵な奴だ。奉行所への挑戦だ」

件《くだん》の文は公用人の長谷川四郎兵衛《しろべえ》から奉行の手に渡ったという。

「して、内容は？」

「熊五郎をお解き放ちせよ。さもなくば、第二の犠牲者が出る。そういう文面であった」

「熊五郎ですと？」

「そうだ。おぬしの言うとおりであった」

橋尾左門の言っていた男だ。商家の手代だったが、主人の内儀に懸想をし、たまたま亭主に恨みを持つ人間を商家に手引きして殺させたという。殺した男は死罪になったが、熊五郎は永の遠島ということになった。

「すぐに小伝馬町に定廻りを遣わせた」

やはり、熊五郎に関わりのあったものの仕業だったのか。

「して、熊五郎周辺の探索は？」

清左衛門が首を横に振った。

「まさか」

「そうだ。長谷川どのに話をしておいたが、さっき訊ねたところお奉行におぬしの話を通していないとのことであった。つまり、熊五郎周辺の捜索はしていないということだ」

長谷川四郎兵衛の老獪《ろうかい》な顔を思い出し、剣一郎は怒るのもばからしくなった。

夕刻になって、お奉行が直々に与力たちを集めて、十分に警戒するように訴えた。特に、出退勤時はなるたけ単独での行動を避けるようにとのお達しもあった。

定刻よりだいぶ遅れて、剣一郎は奉行所を出た。すでに辺りは暗くなっていた。剣一郎は用心を怠《おこた》らなかった。供の者たちも周囲に警戒の目を配りながらついてくる。

何事もなく組屋敷に帰って来たが、出迎えた家族の中に剣之助の姿が見えない。

「剣之助はいかがいたした?」

居間に向かいながらきいた。

「きょうは小川《おがわ》町に行っております。もう、そろそろ帰ってくる頃かと思いますが」

多恵が答えた。

「そうであったな」

小川町は多恵の実家である。多恵は旗本の娘であった。

「正助もいっしょであろうな」

「はい」

正助は、出歩くことの多くなった剣之助のお供のために最近雇った若党である。十九歳で、純朴な若者であった。色白で、見掛けは頼りなさそうだが、なかなかしっかりした若者だ。

着替え終わったあと、剣之助が心配になった。子どものことになると、でんと構えていられなくなるほどの親馬鹿な剣一郎だが、きょうばかりはそれだけではない。奉行所の者だけでなく、その家族をも標的にするやもしれぬ。敵は尋常な腕ではない。

剣一郎はすっくと立ち上がった。

「そこまで迎えに行く」

多恵が驚いてついてきた。

「何か気がかりなことでもおありですか」

「うむ。原金之助を殺《や》った者がきょう奉行所に文を届けた。狙いは、小伝馬町にいる男の釈放だ。そのために何をするやもしれぬ」

剣一郎が玄関を出ると、すぐに若党の勘助が近づいてきた。

「お供いたします」

剣一郎は黙って頷いた。

組屋敷を出て、海賊《かいぞく》橋を渡ったところで迷った。剣之助がどの道をやって来るのかわからなかったからだ。江戸橋を渡って楓川沿いをやって来るか、あるいは一石《いっこく》橋か日本橋を渡って青物《あおもの》町を突っ切ってこっちに向かって来るか。

まあ、しばらくここで待つとするかと、剣一郎はでんと構えることにした。

月はなく、川は闇に隠れている。江戸橋と反対側を楓川沿いに行けば、京橋川にぶつかる。その辺りだ、原金之助が襲われたのは。

罪人を釈放させようとして与力を襲うなどなんと大胆不敵な輩《やから》だ。おそらく襲撃者の背後に黒幕がいるのだろう。

「あっ、お帰りです」

勘助が京橋のほうを指さして言った。提灯が揺れてやって来る。剣一郎はほっと安堵のため息をついた。

剣之助が供の正助といっしょにやって来る。

父に気づいたらしく、剣之助が足早になってやって来た。

「父上、遅くなりました。夕飯を御馳走になってしまいましたので、このような時間に」

「別に心配で来たわけではない。ちょっと散歩だ」

剣一郎はとぼけた。

「さあ、帰るとするか。どうだったな、あちらは？　皆は達者であったか」

「はい」

ちょっと剣之助の返事に元気がないように感じられた。

「どうした、向こうに何かあったのか」

「いえ。皆さん、達者でございました」

剣之助に屈託があるように思えたのは気のせいか。

踵を返して歩き始めたとき、前方に提灯の明かりが見えた。こっちに近づいて来る。

呑み屋の前にある角行灯《かくあんどん》の明かりで、どうやら八丁堀の人間のように思えた。次の瞬間、提灯の明かりが消えた。

おやっと思った。明かりが消えたように見えたのは提灯の前に何者かが立ちふさがったからだ。そう思った瞬間、悲鳴が上がった。

「剣之助、先に帰っておれ」

と叫び、剣一郎は駆け出していた。

向こうから駆けてくる着流しに深編笠の侍がいた。剣一郎はその侍の前に立ちふさがった。深編笠の下に覆面をつけているようだ。侍は左手を鞘に当て、腰を落とした。居合だと悟った瞬間、剣先が右足下から逆袈裟懸《けさが》けに襲い掛かった。剣一郎は素早く山城守国《やましろのかみくに》清《きよ》銘の新刀上作の剣を抜いて受け止めた。

新陰流の江戸柳生の流れを汲む真下道場で皆伝をとった剣一郎は間一髪で相手の剣を受け止めたが、もし居合だという意識がなければ、防げなかったかもしれない。それほど、相手の剣の勢いは凄まじかった。

相手はぱっと離れ、剣を鞘に納めた。再び、居合で襲い掛かるのかと思いきや、いきなり横丁に向かって駆け出した。

「待て」

剣一郎は抜き身を提《さ》げたまま追った。

賊は路地を走った。商家の番頭ふうの男が悲鳴を上げて提灯を落とした。

深編笠の賊はさらに横丁に入る。剣一郎も遅れて曲がる。賊の後ろ姿が見える。賊は街角のたびに曲がった。だがだんだんと追いついていた。

しかし、通《とおり》四丁目方面の角を曲がったあと、賊の姿は突如として消えた。

剣一郎は周辺を探った。どこぞの家にもぐり込んだのかもしれない。その界隈《かいわい》を歩き回ってみた。仕立て屋の看板の下がった家や常磐津《ときわづ》指南の家などが並んでいる。

（見失ったか）

ふと、古道具屋の看板の下がっている家があった。『大黒堂《だいこく》』という名だ。店は閉まっているが、戸に微かに隙間が出来ていた。

訪ねてみようとしたが、証拠もない。それに、襲撃された者も気になった。

剣一郎は急いで引き返した。

「旦那さま。旦那さま」

倒れた男にしがみついて泣き叫んでいる中間《ちゅうげん》がいた。原金之助のときと同じ場面が再現されていた。

「宮島《みやじま》どのか」

倒れているのは定橋掛かり与力宮島平六郎《へいろくろう》だった。平六郎は右手にしっかりと剣を握っていた。

「深編笠の侍が現れていきなり斬りかかってきたんです」

中間が泣き声で訴えた。

剣を抜いたものの、相手の居合をかわしきれなかったのだ。

定町廻り同心の植村京之進と岡っ引きが駆けつけて来た。

「京之進、よく来てくれた」

「宮島さまの小者が報せてきましたので」

京之進は倒れている宮島平六郎を見て顔をしかめた。

「同じ相手ですね」

京之進が呟《つぶや》いた。

「そうだ。深編笠の下に黒覆面をつけていた。背格好は俺と同じぐらい。通四丁目の角を曲がったあとに見失った」

「わかりました。あとは我らにおまかせください。念のために、これからその辺りを探ってみます」

「敵は出来る。十分に気をつけるように」

お奉行からも十分に用心するようにとのお達しがあったにも拘《かか》わらず犠牲になったのは、宮島平六郎に油断があったためとは思えない。平六郎は剣を抜いて対峙しているのだ。それだけ相手が凄腕だということだ。

京之進は岡っ引きを連れて夜の道を駆け出した。

宮島平六郎の亡骸《なきがら》が戸板に乗せられて運ばれて行くのを見送った。左頬の青痣が微かに疼《うず》いた。

ふと気づいて剣之助に駆け寄った。剣之助は呆然と立ち尽くしていた。

「剣之助、どうした?」

はっと我に返ったような表情で、

「さきほどの賊は居合を使いましたね」

「うむ。凄まじい腕だ。俺も危ないところだった」

「居合というのは恐ろしい技ですね」

「はじめて見たか」

「いえ。以前に一度」

「そうか」

「父上、尋常に立ち合えば、父上の剣と居合とどちらに分がありますか」

「わからん。ただ、居合は鞘のうちが勝負だ。鞘から抜いた最初の剣さえかわせば、恐れることはない。今度こそ」

それは自分自身に言い聞かせる言葉でもあった。

三

翌日、長谷川四郎兵衛が剣一郎の所にいらつきながらやって来て、

「だいたい、犯人と出くわしていながら取り逃がすとはなんたる不覚ぞ」

と、責めた。

これは言いがかりだと思ったが、剣一郎はじっと我慢をした。

この長谷川四郎兵衛はことあるたびに剣一郎に難癖をつける。内与力とは奉行が赴任時に連れてきた譜代の家来であり、奉行が退任すればまた去って行く身分のものである。が、奉行譜代の家来であるだけに、権威を嵩《かさ》に着ている。

「よいか。失態をとりのぞくべく、そなたも励むのだ。よいな」

「はあ」

長谷川四郎兵衛が冷静さを失っているのは、偏《ひとえ》に町奉行山村良旺《やまむらよしあきら》の威光に傷がつくのを恐れているからなのだ。

与力の死より、そのことのほうが大事だと言わんばかりの四郎兵衛が去ってから、剣一郎はゆうべの居合の賊のことを考えた。

あれだけの腕の持主だ。江戸中の道場を片っ端から調べれば名前がわかるかもしれな

い。もっともそれはあの侍が江戸の人間だった場合だ。どこぞの地方から江戸に流れて来たのだとしたら、道場から探り出すのは難しいだろう。

自分にこの捜索の任を与えてくれたら、と剣一郎は思うが、犯罪の捜査や犯人逮捕などは奉行直属の定町廻りや臨時廻り、そして隠密廻りの同心たちであり、風烈廻り与力が直接指揮を執ることは出来ないのだ。

奉行所の誰もが妙に神経がぴりぴりしている。今度狙われるのは自分かもしれないのだ。敵が無差別に襲っている。奉行所の者であれば誰でもよいのだ。

そういう中でも、他の仕事はこなしていかなければならない。

きょうも吟味のために、小伝馬町から囚人たちが奉行所に呼び出され、仮牢に入れられている。

英五郎がまたその中にいた。

剣一郎にとっては英五郎の件は捨てておけぬことであった。剣一郎は再び英五郎を仮牢の鞘に連れ出した。

捕まってから半月になる。頬にやつれが見えた。が、英五郎は微塵《みじん》の弱みも見せず、剣一郎の前にやって来た。

「英五郎。ちと訊ねたい。春吉って男を知っているか」

英五郎の表情が微かに動いた。

「知っているな」

すかさず、剣一郎は問い詰める。

「いえ」

「知らないのか」

「はい」

「伊助の女房と駆け落ちした男だ」

今度は英五郎は表情を変えなかった。

「伊助はどこに行ったんだ？」

「知りません」

剣一郎はため息をついた。

「いったい、何を隠しているんだ？　いや何のために隠しているのだ」

「旦那。今は言えねえんです。勘弁してくだせえ」

英五郎は深々と膝を折った。

これ以上せっついても無駄だった。

「おめえは男気のある人間だ。だが、今はその義俠心がうらめしいぜ」

「旦那。申し訳ございません」

「よし、わかった。喋りたくなったらいつでも言うんだ。いいな」

油障子を開けて、土間に入る。作業場に誰もおらず、家はひっそりとしていた。

奥に向かって声をかけると、英五郎の女房が出て来た。

「旦那」

気丈に振る舞っているが、だいぶやつれが目立つ。

「少し、いいかな」

「はい。どうぞ、お上がりください」

「いや、ここで結構だ」

剣一郎は上がり框に腰を下ろし、

「さっそくだが、伊助のことだ」

と、切り出した。

「伊助の女房のお新は春吉という男と駆け落ちしたそうだが、その春吉が今江戸に舞い戻っているのを知っているかえ」

「いえ」

「伊助は知っていたんじゃねえのか」

「私にはわかりません」

「内儀さん。いったい何を隠しておるのだ。このままじゃ、英五郎の身の証が立たねえ」

「旦那。勘弁してください。うちのひとにはうちのひとの考えがあるのです。私がそれをとやかく言うことは出来ません」

　剣一郎がため息をついたとき、ふたりの子どもが顔を出した。顔に傷をこしらえ、血が滲んでいた。

「おや、どうしたんだえ」

　内儀が驚いて立ち上がった。

　子どもがいきなり剣一郎の前にやって来て手をつき、

「青柳さま。どうか、お父っつあんを助けてください。お父っつあんは悪いことの出来る人間じゃありません」

「どうしたんだ、その傷は？」

「お父っつあんのことを酷《ひど》く言うから」

　友達からいじめられたのだろう。

「これ、ふたりとも。あっちに行っていなさい」

「心配するな。きっと助けてやる」

　ふたりはすごすごと奥に引き上げて行った。

「何の罪もねえ、子どもが可哀そうじゃねえのか。内儀さん、英五郎が何を隠しているのか、言ってはもらえねえか」

「旦那」

内儀が涙ぐんだ。

「もうしばらく待っておくんなさい。きっと伊助は戻って来ます。それまでの辛抱でございます」

「じゃあ、一つだけ聞かせてくれ。長崎屋に押し入ったのは英五郎じゃねえんだな」

「違います。あのひとがそんな真似をするはずがありません」

「じゃあ、伊助か」

内儀は苦しげに俯《うつむ》いた。

「英五郎は伊助が自首してくるのを待っているというわけか」

「旦那。どうか、うちのひとの気持ちをわかってやってくださいませ」

内儀は板の間に額をつけるように哀願した。

「だがな、長崎屋の内儀は強盗は英五郎だと証言している。こいつがある限り、英五郎はどうしようもねえ」

「わかっております。でも、どうしようもないんです」

「亭主も亭主なら、おめえもおめえだ。似た者同士か」

剣一郎は苦笑した。

英五郎の家を出てから、大家の助次郎のところに寄った。

「英五郎のかみさんや子どもたちのことを頼む。子どもは父親のことでいじめられているらしい」

「そうでございますか。わかりました。よく気を配っておきます。旦那に言われる前に、あっしがしなきゃいけないこと。申し訳ありません」

「じゃあ、頼んだぜ」

帰りはすっかり日が暮れていた。

英五郎は伊助を自首させようとしているのだ。伊助がどこぞで何をしているのか、英五郎は知っているはずだ。伊助の行き先を言えば、捕縛の手が伸びる。だから、口を閉ざし、伊助が自首してくるのを待っているのではないか。

だが、伊助はほんとうに自首をしてくるだろうか。出てくれば死罪が待っているのだ。それを承知で戻ってくるだろうか。

犬の遠吠えが不安をそそるように悲しげに聞こえてきた。

四

伊助はおらくの家で四度目の朝を迎えた。早く江戸に帰らねばと思いながら、おらくといっしょにいる心地よさについずるずると過ごしてしまった。

お新を懇《ねんご》ろに弔《とむら》った。俺を裏切った女だが、結局男に捨てられ最期は哀れだった。

お新を失った悲しみも、こうしておらくといっしょにいると風に流される雲のように遠く去って行くようだ。

「伊助さん。江戸に帰るなら、あたしも連れて行っておくれ」

朝飯の済んだあとで、おらくが言った。

そいつは出来ねえと、喉元まで出かかった。

「それとも、江戸にいいひとが待っているのかえ」

おらくが悲しげな目できく。

「そんなものありやしねえ」

「ほんとうだね」

「ああ、ほんとうだ」

「じゃあ、あたしを連れて行って」

江戸で英五郎親方が待っている。だが、待っているのは英五郎だけではない。遠島か、悪くすれば死罪のお裁きだ。

「じつは迷っているんだ」

「迷うって何をさ?」

「江戸に帰るかどうかだ。俺はおまえとの暮らしが気にいっちまったんだ」

「うれしいよ、おまえさん」

にじり寄って来て、おらくは伊助の肩に顔を預けてきた。

「おいおい、朝っぱらから」

「いいじゃないか。あたしはうれしいんだよ」

この女も苦労をしてきたのだ。そう思うと、切なくなる。最初は蓮っ葉な女だと思ったが、だんだん情のある女だと思うようになった。

このまま江戸に戻らず、おらくといっしょに暮らそうか。そう思った瞬間、英五郎の顔が過《よぎ》った。

必ず自首すると約束したのだ。恩誼《おんぎ》のある親方との約束を破るわけにはいかない。俺を信じて、お新の介抱に向かわせてくれたのだ。だが、おらくのことを思うと、どうしてよいかわからなくなる。

いつまでもこのままでいいというわけにはいかないが、伊助は決心がつきかねていた。

昼過ぎに、おらくと連れ立って外に出た。

宿場の外れにある神社に参拝したあと、近くにある茶屋で休んだ。

「何を拝んでいたんだい？」

おらくが心配そうにきいた。

「いろいろとな」

「ずいぶん真剣に拝んでいたから」

伊助は助けてくれと神様に頼んだのだ。

「私は伊助さんと末永く暮らせますようにって」

「おらく」

伊助は意を決したようにおらくに顔を向けた。

「俺もいつまでも遊んでいるわけにもいかねえ。いったん江戸に戻って親方にお暇乞《いとまご》いをしてこようと思う」

「えっ、江戸には帰らないって言ったじゃないか」

「帰るんじゃねえ。すぐに戻ってくるんだ」

「あたしも連れて行っておくれ」

おらくはしがみついてきた。何か本能的に感じ取っているものがあるのか。

「必ず帰ってくる」

「おまえさんが江戸に行ったらもう二度と会えないような気がするんだよ。お願い。あたしもいっしょさせておくれ。あたしゃ、もうおまえさんなしでは生きていけない」

伊助は心が揺らいだ。

おらくとの縁も不思議だ。江戸者の伊助と八王子に暮らすおらくとは本来なら出会うことはなかった。まるで、お新が身代わりにおらくに巡りあわせてくれたようだ。

このままおらくとここで暮らせたらどんなにいいか。

しかし、英五郎親方は伊助が八王子にいることを知っている。いつまでも帰らなければ、いつか探しにくるかもしれない。

「おらく、俺は必ず江戸から戻って来る。そしたら、ここを離れて、どこか別の場所で暮らさねえか」

親方の様子を見るだけで帰ってこよう。そして、おらくと誰も知らない土地で生きて行くのだ。

「おまえさんとならどこでも」

「よし、話は決まった」

胸に針で刺されたような痛みが走った。親方、すまねえ。俺は生きていてえんだ。おらくといっしょにやり直したいんだ。

伊助はおらくの肩を抱きながら、すまねえ親方、と何度も内心で呟いていた。

五

宮島平六郎の葬儀の一行は菩提《ぼだい》寺へと向かった。剣一郎も白い肩衣、小袖で座棺の横についてて歩いた。

平六郎は四十歳、温厚な人柄だった。定橋掛与力として橋梁の保存修繕のための任務を誠実に遂行してきたことはよく知られている。妻女に十七歳と十五歳の娘がいた。父を失った娘の姿がいたましい。

菩提寺での読経《どきょう》のあと、隣り合わせになった高積見廻り与力の光岡征二郎《みつおかせいじろう》がぼやくように言った。

「原金之助の弔いを済ましたばかりだというのにな」

「誠に、なぜこんなことになってしまったのか」

「一寸先は闇だ。だから、人間は生きている間にたくさん楽しまなきゃだめだ」

光岡征二郎は口許を歪めて笑った。まるで、生真面目だった宮島平六郎を揶揄《やゆ》しているように聞こえた。

高積見廻りは、商店が往来に積み上げてある荷物の監視をする。町々や河岸の商店は、往来に商品や薪炭、材木などを積み重ねている。これらの盗難や危険防止のために高さ、広さなどを制限して取り締まるのが任務である。

商店との接触が多いので付け届けが多い。そのせいか、光岡征二郎はいつも贅沢《ぜいたく》な身形《みなり》をし、料亭でも遊んでいるという噂だ。

「光岡どのも十分に用心なさるように」

「俺の前に現れたら退治してくれるわ」

光岡征二郎は含み笑いをした。確かに、光岡は一刀流の達人であった。

「やっと、坊主の話が終わったようだ」

光岡はほっとしたように言った。


その日、葬儀から組屋敷に戻ると、すぐに深編笠をかぶって出かけた。

行き先は通四丁目だ。笠の内から、古道具屋の『大黒堂』に目をやった。何の変哲もない店だ。小さな店先に、鉄瓶や壺、巻物などが置いてある。

白髪の小柄な年寄りがのんびりと煙草をくゆらせている。あまり繁盛しているようには思えない。果たして、ここに侍が逃げ込んだのだろうか。

剣一郎は自身番に顔を出した。

「あっ、青柳の旦那」

膝隠しの衝立《ついたて》の向こうから店番の者が声をかけた。

「いや、役儀のことではない」

そう言って、『大黒堂』のことを訊ねた。

「あそこは古いのかえ」

「三年ほど前からでしょうか」

「小柄な年寄りが亭主か」

「へえ。孫兵衛《まごべえ》と言います。なかなか、人当たりのよい人間でございますよ」

「ひとり暮らしか」

「いえ、住込みの亀吉《かめきち》という若い者とふたりで暮らしておりやす」

店には孫兵衛しか見えなかったから、亀吉は外にでも出ていたのだろう。

「旦那。孫兵衛さんに何か」

「いや、なんでもねえんだ。ただ、あんな場所に古道具屋があったなんて気づかなかったんでな」

「さいでございますねえ。でも、あんな場所でも、ときたま客がやって来ております。あの人柄ですから、お得意さんをしっかり摑んでいるのかもしれません」

「なるほどな。ところで、あの店に侍が出入りしているようなことはないかな」

「さあ、どうでしょうか。店先を覗いているお侍さんを見かけたことがございますが、あれはお客でしょうし」

「そうか。特に変わった店ではないようだな」

「だと思いますが」

邪魔をしたと自身番を出ようとすると、

「旦那」

と、店番の者が呼びかけた。

「これまでにふたりの与力の旦那が襲われなすったようで。旦那も十分にお気をつけなすって」

「ありがとうよ」

自身番を出てから、再び『大黒堂』を見通せる場所に戻った。相変わらず、孫兵衛が煙草をくゆらせている。

剣一郎は何気なく立ち寄ったふうを装って店先に立った。巻物や壺などの他に鉄瓶、硯《すずり》、掛け軸などが並んでいた。

「これはいらっしゃいまし」

孫兵衛は穏やかな声をかけてきた。鬢《びん》は白く、顎髭にも白いものが目立つ。

「いろいろあるのだな。こういった品物はどこから入ってくるのだな」

「へい。ここに売りに来るお方もいらっしゃいますが、町をまわって、お声をかけられた家から不要なものを買って参ります。この香炉などは、あるご浪人さんから買い求めたものでございます」

「ほう、よいものだ」

剣一郎は手にとってみた。

それを返して、

「今持ち合わせがない。今度、また寄らせてもらおう」

と、剣一郎は立ち上がった。

「へい、お待ちしております」

踵を返しかけたとき、店先に現れた男がいた。商人ふうの男だ。風呂敷包みを抱えている。

途中で振り返ると、孫兵衛がその男の持って来た風呂敷包みの品物を見ていた。男は品物を売りに来たのだろうか。剣一郎の視線に気づいて孫兵衛が顔を上げた。その目はまるで別人のように険しいものだった。

何かひっかかる。あの孫兵衛という男。案外と本性は見掛けとは違うのかもしれないと思った。が、だからと言って、先日の襲撃者と関係があるとは思えない。

その夜、夕餉《ゆうげ》の席で、剣之助の様子が気になった。いつになく無口で、好物の焼き魚だというのに食が進まない。ときたま、箸を持ったまま、あらぬ方に目をやっている。

先夜、宮島平六郎が斬り殺された姿を見て動揺しているのか。

「剣之助。最近、いかがしたな。あまり元気がないようだが」

膳に箸と椀を戻し、剣一郎は声をかけた。

「いえ、そのようなことは」

剣之助は否定したが、うつろな顔だ。

「先夜、宮島平六郎どののことがあって気を病《や》んでいるのではないのか」

「いえ、そういうわけではありません」

「そろそろ、そなたの元服を考えなければならない」

「はい」

「まあ、兄上が元服ですか」

箸を持ったまま、るいが目を輝かせた。

「そうだ。剣之助ももうおとなの仲間入りだ」

剣之助に目をやり、

「烏帽子《えぼし》親は宇野清左衛門さまにお願いしようと思う。いずれ、見習いとして出仕するようになるのだからな」

「父上。見習いのことですが」

剣之助が言い淀んでいる。

「何だ、早く申してみろ。父はそなたとふたりで奉行所に勤めるのが夢でな。ようやく、その夢が叶うかと思うと……」

「父上。見習いのこと、しばらく考えさせてください」

「今、何と申した？」

剣一郎はきき返した。自分の耳がどうかしたのかと思ったのだ。

「私は与力には向かないかと思っております」

剣一郎は屋敷が傾いたかと思うほどの衝撃を受けた。

しばらく声が出せなかった。

「なぜだ」

やっと喉にひっかかるような声を出した。

「私にはもっと別な生き方があるように思えるのです」

「剣之助、血迷うたか」

剣一郎は覚えず大きな声を出した。

「正気でございます」

「なんだと。わけを申せ。わけを言ってみろ」

剣一郎は取り乱した。

多恵は顔色を変えたが、うろたえるようなことはなかった。

「剣之助。どういうことですか」

「私は奉行所与力の職は向いていないと思うのです」

「剣之助、いったい何があったのだ?」

剣之助がまるで見知らぬ男のように思えた。情けないことに、剣一郎は膝ががくがくしてきた。

「おまえが跡を継がなんだら、誰が青柳家を守るのだ?」

「るいに婿をとればよろしいではありませんか」

剣之助が反発してきた。

「なんだと。じゃあ、おまえは何をするつもりだ？」

片膝を立てようとしたが、力が入らない。

「今宵は気が立っておりましょう。今度、落ち着いて話し合うことにしましょう。よろしゅうございますか」

多恵は剣一郎をなだめた。

「うむ」

と答えるしかない。

「御馳走様でした」

食事を残し、剣之助は頭を下げて逃げるように去って行った。るいが泣き出しそうな顔になっている。

「いったいどうしたと言うのだ、剣之助は」

「私があとできいてみます」

さすがの多恵もとまどいぎみだった。

味のわからなくなった食事を終えてから、

「ちと頭を冷やしてくる」

と、剣一郎は庭に出た。

いったい剣之助に何があったのか。

最近、よく外出しているらしい。女か、と剣一郎は目を見開いた。

「正助、正助はおらぬか」

剣一郎は正助を呼んだ。

すぐに正助が庭から飛んできた。

「お呼びでございましょうか」

実直そうな若者の顔に怯《おび》えの色が浮かんでいるように思えた。

「最近、剣之助の様子がおかしい。何か心当たりはないか」

腰を落とし、剣一郎がきくと、正助はあわててかぶりを振った。

「剣之助はどこへ出かけているのだな」

「私は存じあげません」

正助は身を縮《ちぢ》めて答えた。こやつ、口止めされているなと、剣一郎は舌打ちした。

間に挟まれて苦しそうな姿に、剣一郎は追及を諦めた。

「もう、よい」

ほっとしたように、正助は去って行った。

入れ違うようにして現れたのは文七だった。

「旦那。春吉の居場所がわかりやした」

「よし、ご苦労だった」

さすがに文七は素早い。

「春吉は深川の今川町《いまがわ》に住んでいる水茶屋の女の家にもぐり込んでいやした」

「お新はいっしょじゃないのだな」

「その通りです」

「よし、これから行こう。文七、案内せい」

「はっ」

多恵に出かけてくると言い、剣一郎は玄関を出た。

船に乗るまでもないと、歩くことにした。

永代《えいたい》橋を渡ると佐賀《さが》町で、仙台《せんだい》堀に向かって左に折れようとしたとき、ふと前方を行く侍に気づいた。

昼間の葬儀で隣り合わせになった、高積見廻り与力の光岡征二郎だ。仲町辺りに遊びに行くのだろうか。最近、派手に遊んでいるという噂だ。高積見廻りは商家からの付け届けが多いとはいえ、度が過ぎているように思える。

それより、いくら腕に自信があるとはいえ、ひとりで出歩くのは不用心ではないか。そんな心配をしたが、剣一郎は先を急いだ。

しばらく行くと、居酒屋の赤提灯から職人ふうの男が出て来た。千鳥足で、いい機嫌だ。その男を追い抜いて、やがて仙台堀に面した今川町に着いた。

横丁に入ると、文七が長屋の木戸を指さした。小ぎれいな長屋だ。そこの路地を入り、奥から二番目の家の前で、文七が立ち止まった。

「ここか」

剣一郎が目顔で合図をすると、文七が戸障子を叩いてから開けた。

「ごめんなさい」

「誰でえ」

奥から咎《とが》めるような声がした。

文七のあとから剣一郎も土間に入る。浅黒い顔の男が顔をしかめて出て来た。

「春吉さんですね」

文七がきくと、

「なんでえ、おめえは?」

と、春吉は警戒の色を浮かべた。

「ちと訊ねたいことがある」

剣一郎が春吉に迫った。

「なんでえ」

春吉は強がった。

「指物師伊助の女房お新を知っているか」

「お新だと」

春吉は目を泳がせたが、

「そんな女、知らねえ」

と、突っぱねた。

「春吉。隠してもむだだ」

「てめえたちは誰でえ」

「この左頬の痣を覚えておけ。おれは八丁堀与力の青柳剣一郎だ。へたに隠し立てすると、ためにならねえぜ」

剣一郎が威《おど》すと、春吉は首をすくめた。

「八丁堀の旦那とは気づきませせずご無礼いたしました」

急に春吉は態度を変えた。

「お新を知っているな」

「へい」

「お新と駆け落ちしたそうだが、今お新といっしょではないのか」

「半年ほど前に別れやした」

「別れた？」

「へえ」

春吉は居心地悪そうにそわそわし出した。

「どうして別れたんだ？」

「所詮、うまくいきっこなかったんですよ」

「飽きて捨てたのか」

「そんなんじゃありません」

「じゃあ、どうしたんだ？」

「へえ」

「へえじゃわからねえ」

春吉は開き直ったように顔を上げ、

「じつはあいつは病気になっちまったんです。それで養生をするってことで」

「そうか。病気になった女が足手まといになって放り出したってわけか」

「違いますよ。俺といっしょにいても養生出来ないんで別れたってわけです」

「お新は今どこに？」

「へえ。八王子の八幡町です。田丸《たまる》屋という料理屋があります。そこにお新と仲良くなった女中がおりまして、その女中の実家の離れを借りて養生しているはずです」

「なぜ、お新は料理屋の女中と親しくなったんだ?」

「お新がそこで働いていましたから」

「おまえは何をしていたんだ?」

「いろいろと」

「女に働かせ、おまえは遊んでいたんだな」

剣一郎は込み上げてきた怒りを抑えて、

「伊助はそのことを知っているのか」

「浅草でばったり会いやした。そんとき、教えてやりました」

「てめえの横っ面を殴りつけてやりてえが、そいつは許してやろう。いいか、二度と女を泣かすような真似をするな」

「へえ」

「邪魔したな」

「あっ、旦那」

春吉が呼び止めた。

「なんだ?」

「じつは、旦那と同じようにお新のことをききにやって来た男がおりやす」

「なに?」

「ゆうべのことです。やっぱし、ここにやって来て、旦那と同じことをきいてきやした」

「どんな男だ？」

「商人ふうの姿をしてやしたが、どうしてどうして、あれは堅気じゃありやせん。大柄で、ごつい顔をした男です。そう、歳の頃は三十前」

「心当たりはないのか」

「ええ、まったく」

「お新の居場所を話したのだな」

「へい」

「わかった」

引き上げようと戸障子を開けると、ちょうど帰って来た女と出食わした。女は驚いたような目をしていた。

「お邪魔をしました」

文七が如才なく会釈した。

組屋敷に向かいながら、

「文七。すまねえが、明日八王子に行ってもらいたい」

途中で文七と別れ、剣一郎は組屋敷に急いだ。

伊助はお新の病気を知って八王子に行ったのだ。薬代欲しさに長崎屋に押し入ったのに違いない。

英五郎はそのことを知っている。伊助はお新の様子を見届けてから自首する。そういう約束だったのではないか。

しかし、ゆうべお新のことをききにきた男とは何者なのだろうか。目的は何か。

屋敷に帰ると、多恵はまだ待っていた。

「最前まで、原金次郎どのがお待ちでした」

「そうか。金次郎が来ていたのか」

「はい。ちょうど入れ違いに。兄に代わって与力の職を継ぐべきかで、だいぶ苦しんでいるようでございました」

「そうだな。奴は武士を捨て、絵師になりたいと言っていた」

剣一郎は腕組みをした。

「俺には何とも言えぬ」

剣一郎は兄の死によって、青柳家を継ぎ、与力の職に就いたのだ。もし、兄が健在ならばどこぞの家に養子に行くしかなかったし、あるいは別の道を探さねばならなかった。

金次郎は剣一郎と同じ立場に立たされたのだ。しかし、金次郎には絵師になるという目標があった。

「明日にでも、金次郎に会いに行ってこよう」

「それには及びますまい」

多恵が否定した。

「なぜだ？」

ときいてから、剣一郎ははたと思い当たった。

「そうか。そなたがきいてあげたのか」

「女ながらの勝手な考えを述べたまで。あとは自分でじっくり考えてみると仰《おつしや》っておりました」

俺より多恵の意見のほうが金次郎には有益であったろうと、剣一郎は思った。

最近の剣之助のことについてきいてみたいことがあったが、その話題を出せばまた長引きそうだ。

「さあ、そろそろ休むとするか」

剣一郎はあくびをかみ殺した。

六

翌日、奉行所に出仕した。門内に入ったとたん、剣一郎は針で刺されたような緊張に包まれた。同心たちの目も血走っているように思える。皆、気が立っているのだ。

兼任している例繰方の詰所で書類をめくっていると、年番方の宇野清左衛門から呼び出しがあった。

年番方の部屋に行き、宇野清左衛門の傍《そば》に控えた。

「さきほど、お奉行に呼ばれた。まだ犯人の目星もつかないのかというお叱りだ。お奉行もだいぶ焦っているようだ」

自分の威信に傷がつくのを、お奉行は恐れているのだろうか。

「熊五郎のほうはどうだったのでしょうか」

文の届いたあと、すぐに定町廻り同心が小伝馬町の牢屋敷に出向き、熊五郎を問い質《ただ》したのだ。

「うむ」

宇野清左衛門は厳しい顔をし、

「奴は、俺を助けようなどという人間に心当たりはないと言っている。が、奴には、腹違いの弟がいる。豪次郎《ごうじろう》という男だ。この者が殺し屋を雇《やと》っているとも考えられる。そこで、この男の行方を探した。だが、豪次郎が以前に住んでいた長屋の住人の話では、豪次郎は体を壊して故郷の信州に帰ったはずだと言っていた。まだ、はっきりしたことはわからんが、それが事実だとすると豪次郎ではないということになる」

「信州への使いは？」

「出してあるはずだ。そろそろ戻ってこよう」

「町道場のほうはいかがでしょうか」

「居合の達人で、暮らしに困っていそうな人間を洗い出しておる。何人か浮かんだが、これといった決め手はない」

「そうでございますか」

「長谷川さまがな、おぬしに特別にこの事件の捜索に加わらせたらいかがかと言うているのだ。いや、実際にはお奉行の考えであろう」

何かと剣一郎を目の仇《かたき》とする長谷川四郎兵衛が剣一郎に託そうとするのは、相当に焦っているからに違いない。

「どうだ。やってくれるか」

一瞬、英五郎の顔が過った。英五郎を助けなければならないのだ。しかし、原金之助と宮島平六郎の仇を討たねばならない。

「お引き受けいたしましょう」

剣一郎は請け負った。

「よし。では、例繰方や風烈廻りのほうを離れ、この仕事に専念してもらう」

「しかし、お引き受けするのはよいのですが、どういう立場で動けばよろしいのでしょうか」

「そうだな」

「すべて私に指揮をとらせていただきませんと、うまくいきかねます」

「どうすればやりやすいか」

「されば、立場をお奉行直属としていただき、お奉行に代わって三廻りの指揮を直《じか》にとれるようにしていただきとう存じます」

三廻りとは定町廻り、臨時廻り、隠密廻り同心をいう。

「もっともだ。が、あの御仁が何と言うか」

長谷川四郎兵衛のことだ。

「しかし、この期に及んでぐだぐだは言うまい。よし。ついて参れ」

宇野清左衛門は立ち上がった。

清左衛門のあとについて公用人の部屋に入り、剣一郎は長谷川四郎兵衛と対座した。

「さきほどの件、青柳に命じましたるところ、任務遂行に当たり、立場を明白にして欲しいとのこと。その言い条、もっともであり、こうしてお願いに上がりました」

いくらお奉行の威を借りている四郎兵衛であっても、奉行所の主のような宇野清左衛門には逆らえない。

「して、どのようにすればよいのか」

四郎兵衛は剣一郎に目をくれた。

「はっ。私めをお奉行直轄にしていただき、三廻りの指揮をとらせていただきたく思います」

「おぬしがお奉行に代わって指揮をとると申すのか」

四郎兵衛は目を剝いた。

「はい。そうでなければ十分な働きは出来ません」

「ばかな。出過ぎたことを」

「長谷川どの。いちおう、お奉行のご意見をお伺《うかが》いになられたらいかがでござろうか。今は異常事態。犯人と刃を交えたのはこの青柳ただひとり。ここは青柳のやりやすいようにしたほうがよろしいかと思われますが」

宇野清左衛門が慇懃《いんぎん》な態度で口添えした。

「待っておれ」

四郎兵衛は吐き捨てるように言って立ち上がった。

長く待つ間もなく四郎兵衛が戻ってきた。そのあとからお奉行の山村良旺がじきじきにやって来た。

剣一郎は居住まいを正して迎えた。

「青柳剣一郎。そなたに全権を任せる。好きなようにやるがよい」

「ありがとう存じます。身命を賭《と》して必ずや犯人を召し捕り、朋輩《ほうばい》の仇を討ち取ってご覧にいれます」

「最近のおぬしの活躍はわしもよく承知しておる。この件は面子《めんつ》にかけても我が南町奉行所で解決しなければならぬ。頼んだ」

札差殺し、火盗《かとう》殺しと立て続けに解決した剣一郎の働きはお奉行の耳にも達していたらしい。

「青柳剣一郎の命令は我が命令と心得るように者共に申し伝えるように」

お奉行は長谷川四郎兵衛と宇野清左衛門に告げた。

お奉行の前を辞去してから、剣一郎はすぐに空いている部屋を連絡場所として定め、そこに用部屋付き同心を二名専従に当ててもらい、調査報告書の整理に当たらせることにした。

そして、これまでの捜索状況を聞くために、三廻り同心を呼び寄せた。

定町廻り同心、臨時廻り同心は南町奉行所だけで、それぞれ六名。そして、隠密廻りは二名。

市中見廻りに出ているふたりを除いて集まった三廻りの同心の前で、まず長谷川四郎兵衛が剣一郎の立場を説明した。

続いて、剣一郎が決意を述べた。

「我が仲間ふたりを惨殺した憎き相手、断じて許すものではない。敵は大胆不敵。そして、恐るべき遣い手。十分に心してかかってもらいたい」

「はあ、青柳さまに指揮をとっていただくのは心強い限りでございます」

かねてより、剣一郎は同心たちから信望を得ていたが、中でも一番の信奉者である植村京之進が皆を代表するように答えた。

同心たちに限らず、若い与力からも尊敬の念を寄せられているのは何といってもこの左頰の青痣のおかげであろう。

当番方与力だったとき、人質事件に捕物出役したことがある。同心たちが手こずっていた賊十人のところに単身で乗り込み、十手一つで叩きのめした。このときに受けた疵《きず》が青痣となって残っている。

実際は兄を見殺しにしたという負い目から自棄《やけ》気味になって賊の中に乗り込んで行っただけなのだが、そのときの刀疵を剣一郎の豪胆さを示すものとして周囲の者はとらえたのだ。

不思議なことに、この青痣が出来てから、剣一郎は子が出来、奉行所内で頭角を現してきた。あの青痣が剣一郎に運をもたらしたのだと、与力や同心たちは剣一郎のことを、敬意と親しみと、そしてやっかみを込めて、青痣与力と呼ぶようになった。

だが、剣一郎はこの青痣に亡き兄の魂が籠もっていると思うようになっていた。

「今後、集めた情報をここで吟味する。さっそくだが、これまでの状況を教えてくれ。じゃあ、まず京之進。そのほうから」

「はっ」

と、京之進は語り出したが、ほとんど手掛かりといってないようだった。

「深川や吉原《よしわら》。それに高級料理屋で派手に遊んでいる武士や浪人などをひそかに洗い出しておりますが、なにぶん証拠もありませんので」

「うむ」

「熊五郎の弟豪次郎の件はどうだ？」

「まだ、信州へ行った使いは戻って参りませんが、豪次郎が病気に罹《かか》ったのは間違いないようです」

定町廻りの市野多三郎《いちのたさぶろう》が答えた。定町廻りの同心たちには岡っ引きやその子分など、手足となって働く連中が何人もいるのだ。

「すると、殺し屋を操っているのは豪次郎ではない可能性が強いのだな」

「はい。その通りで」

「熊五郎が懸想をしていた内儀はどうしている？」

「亭主が殺されたあと女手一つで商売に精を出しています。あの女じゃありません」

「そうか。引き続き、捜索を頼む」

次に、剣一郎は隠密廻り同心の津久井半九郎《つくいはんくろう》に顔を向けた。

「津久井半九郎、そなたにやってもらいたいことがある」

「はっ、なんなりと」

ふだん隠密廻り同心は奉行の耳目となって働き、何事も奉行に報告する。しかし、この与力殺しの件については剣一郎の指図のもとに動く。

津久井半九郎は茫洋とした表情の男であるが、眼光は鋭い。探索のために何にでも変装をする。

「通四丁目に『大黒堂』という古道具屋がある。私が襲撃者を追っていって見失った辺りだ。そこに逃げ込んだという証拠はないが、あの主人の目つきがどうも気になる。その古道具屋を見張ってくれないか」

「畏《かしこ》まりました」

その他、三廻り同心に任務を分担させ、皆は一斉に奉行所を飛び出して行った。

その後、剣一郎は植村京之進を伴い小伝馬町の牢屋敷に出向いた。

牢屋同心に頼み、熊五郎を穿鑿《せんさく》所に引き出してもらった。この取調べ所は拷問も行なわれる場所だ。

熊五郎はいかつい名前とは違い、色白で、切れ長の目と紅い唇をした優男《やさおとこ》だ。

「南町の与力青柳剣一郎である」

剣一郎は砂利場に跪《ひざまず》いた熊五郎に声をかけた。

「へえ。青痣与力の旦那のことは耳にしております」

熊五郎は畏まって答えた。

「すでに承知しておろうが、そなたのお解き放ちを要求して、与力ふたりが殺された」

「えっ、ふたりも？」

熊五郎も驚いたようだ。

「そうだ。このままではさらに犠牲が出るやも知れぬ」

「じゃあ、あっしをお解き放ちしてくださるんで？」

「そんなことはあり得ない」

熊五郎の顔色が変わった。

「このままじゃ、もっと殺されますぜ。それでもいいんですね」

熊五郎は口辺に笑みを湛《たた》えた。

「おい、熊五郎。ほんとうに豪次郎がおめえを助けようとしたのか」

「さあね。どうでしょうか」

熊五郎はとぼけた。

「豪次郎のことを口にしたのはなぜだ？」

「あれは、同心が拷問を加えてしつこく問い詰めるので口にしやしたが、あいつが俺のためにそんなことをするとは思えねえ」

「なんだと?」

「弟と言ったって母親が違うせいか、それほど仲はよかったわけじゃねえですからね」

「じゃあ、おまえは豪次郎ではないと思っていたのか」

「へえ」

「豪次郎は故郷の信州に帰ったということだ」

「そうですか。奴は体が弱かったですからねえ。江戸で暮らすより、信州でのんびりしたほうがいいかもしれねえ」

「他に、おまえを助け出そうって人間は誰だ?」

「さあ」

熊五郎はふてぶてしく顔を横に向けた。

「言わんのか」

「それより俺の仲間にゃ情け容赦のねえ野郎が多い。俺を早くお解き放ちしなければ、まだ犠牲者が出ますぜ」

「はっきり言っておくが、おまえをお解き放ちすることはありえん」

熊五郎は顔をしかめた。

「もう一度きく。おまえを助けようとしているのは誰だ?」

「さあ、誰ですかねえ」

相変わらず、熊五郎はとぼけた。

「言わねえなら言わぬでもいい。だが、さっきも言ったとおり、おめえをお解き放ちするようなことはありえない」

剣一郎が断言し、

「それより、おめえが仲間の名を言わぬなら、おめえの罪状を変えなくちゃならねえ。それでもいいのか」

「なんだと。どういうことだ？」

熊五郎の顔色が変わった。

「なまじ、おめえが生きているからこんなことになるんだ。早いとこ、始末してしまったほうがいいという話も奉行所の中じゃ出ているんだ」

「やい。ひとの命を何と思っていやがるんだ」

「ほう。面白いことを言うな。ひとの命とは何だ？」

剣一郎は睨みつけ、

「いいか。おめえは永の遠島のお裁きを受けた。だが、おめえのためにふたりが死んだ。てめえが殺したも同じだ。おめえは死罪になる」

「げえ」

熊五郎は目ん玉を剝いた。

「まあ、言ってみれば、襲撃者がおまえの死期を早めさせちまったっていうことになる。恨むなら襲撃者に言うんだ」

剣一郎は平然たる態度で言った。

「そんなことあるか」

熊五郎が剣一郎に飛び掛かろうとした。京之進がすぐに押さえつけた。

「三人目の犠牲者の出ないうちに執り行なうことになるだろう」

「待ってくれ、旦那」

弱々しい声になって、熊五郎がすがりついた。

「待てとは何をだ？」

「旦那。ほんとうに誰がやっているのか知らねえんですよ。ただ、心当たりはある。お貞《さだ》という水茶屋の女だ」

「水茶屋の女？」

「へえ。俺に夢中になっていた年増です。俺の腕の中で、あたしはおまえがいなきゃ生きちゃいけないっていつも抜かしておりやした。あの女は情の深え女ですから」

「色男のおめえにぞっこんの女か。おめえの肌なしにゃ生きていけねえ女がいないとも限らねえな。よし、お貞だな。そいつは今どこにいる？」

「俺が捕まったときは深川の黒江《くろえ》町におりやした」

「嘘じゃねえな。嘘だったら、おめえは打ち首だ」

「嘘は言わねえ」

熊五郎は血相を変えて叫んだ。

どうやら、その表情に偽りはなさそうだ。

「よし。お貞に会ってからだ。おめえの処分は」

剣一郎は熊五郎を牢に帰した。

「京之進、さっそくお貞を当たってくれ」

「はい」

帰りがけ、剣一郎は大牢を覗いた。

隅で英五郎が目を閉じて座っていた。月代《さかやき》と顎髭が伸び、別人のようだった。


その夜遅く、奉行所を出た。帰り道、用心を怠らなかった。いや、それより、剣一郎は敵の出現を望んだ。

敵は与力なら誰でもいいのだ。いや、同心でも構わないはずだ。京橋川沿いから楓川沿いにかけては、供の者も黒い人影に出会うたびにさっと緊張した。心の準備をしているので、不意を衝かれる心配はなかったが、敵は想像以上の腕だ。

しかし、襲撃者は現れず、無事に組屋敷に辿《たど》り着いた。

玄関に出迎えた家族の顔を見て、剣一郎は全身から力が抜けて行くのを意識した。知らず知らずのうちに、緊張をしていたものと思える。

着替えをし、帯を締めながら、

「文七は戻ってないか」

と、多恵にきいた。

「いえ。まだでございます」

八王子に行って、まだ戻ってこない。伊助に会えなかったのかもしれないが、そのことより気になるのは、伊助のことを探っていた謎《なぞ》の男のことだ。

ふと気がつくと、多恵がじっと剣一郎の顔を見ていた。

「何かな」

剣一郎はきいた。

「大変なお役目をお引き受けなされたようですね」

多恵は満足そうに、

「お奉行さま直々のお声がかりで、探索方の長になられたとか」

「もう耳に入っていたか。あれは特例だ。与力殺しの件に限ってのことだ」

「いいえ。それでも長にかわりはありません。実家の母にも自慢出来ます」

「おいおい、そんなものではない」

多恵がこんなに喜んでいるとは意外であった。

「最近、とみに風格のようなものが出て参りましたと、感心して見ておりました」

「風格だと？　まさか、俺にはまだそのようなものはない」

「いえ。ございます。とても、自信に満ちた顔つきでございます」

「そうかな」

面映《おもは》ゆい気持ちで、剣一郎は自分の頬に手をやった。

自分では意識をしていなかったが、宇野清左衛門からの事件探索依頼も、以前なら即答せず、いったん屋敷に戻って多恵に相談していたかもしれない。そして、多恵に励まされてやっと引き受ける。それが、即断で引き受けるだけでなく、奉行直轄の体制にさせるなぞ、今までの自分にない積極性だった。

単に仲間が殺された怒りばかりではない。ようやく、俺は与力なのだという自覚が芽生えてきたのか。

しかし、その一方で剣之助の様子がおかしい。与力を継ぐのはいやだと言い出した。いったい、剣之助に何があったのか。その理由を知りたい。

「剣之助のことをお考えですか」

さすが、多恵の勘は鋭い。

「うむ」

「そのことは私にお任せください。今はお役目のことだけを」

多恵が気を楽にさせるように言ってくれた。

「頼んだぞ」

そう言ったとき、玄関のほうに騒ぎ声が聞こえた。

何事かと多恵と顔を見合わせると、若党の勘助が駆け込んで来た。

「旦那さま。たいへんでございます。植村京之進さまからのお使いでございます」

最後まで聞かずに、剣一郎は玄関に急いだ。

玄関で植村京之進の使っている手下が肩で息をしていた。

「何かあったのか」

「あっ、青柳さま。うちの旦那の使いで参りました。高積見廻り与力の光岡征二郎さまが襲われました」

「なに、光岡どのが？」

「場所は深川大和《やまと》町、亀久《かめひさ》橋の近くです」

「して、光岡どのはいかがした？」

わかっていても、きかずにはいられなかった。

「すでに息絶えていたそうにございます」

「そうか。よし、すぐ行く」

はっ、と頭を下げ、手下は引き上げて行った。

気を取り直し、剣一郎は外出の支度をした。

光岡征二郎の亡骸《なきがら》は自身番に運ばれていた。

剣一郎は亡骸を改めた。逆袈裟に斬られている。刀を抜く間もなく斬られたようだ。同じ者の仕業だ。光岡征二郎は油断していたのか。

「青柳さま。これが光岡さまの懐に」

京之進が文を見せた。

――熊五郎をすぐさまお解き放ちせよ。さもなくば、さらに犠牲者が出る
「ちくしょう」

剣一郎は文を握りしめた。

「光岡どのはどこぞの帰りだったのか」

「はい。『さわの』の帰りでした」

京之進が答える。

「『さわの』と言えば、高級料理屋だ。誰かといっしょだったのか」

商家の主人の接待を受けていたのかもしれないと思った。

「いえ、おひとりだったそうでございます」

「ひとり？」

「いつもひとりで入っているのか」

「その辺りのことはよくわかりません」

「現場まで案内してくれないか」

剣一郎は自身番を出て、現場に足を向けた。京之進は河岸に出てから改めて亀久橋に向かった。

「光岡どののご家族へは？」

歩きながら、剣一郎はきいた。

「奥様にお伝え申し上げました」

「さぞかし驚かれていたことであろう」

「それが」

京之進が言いよどんだ。

「どうした？」

「はい。どうやら、光岡さまと奥様の仲はうまくいっていなかったご様子で、奥様もあまりお嘆《なげ》きの様子ではなかったようです」

他人の家庭の内情はなかなかわからないものだ。

「光岡さまはおそらくこの道を歩いて来たのでしょう」

そう言ってから、京之進は足を止めた。

「青柳さま。ここです。ここで倒れておりました」

亀久橋の向こうに船宿が見えた。

「どうやら、船に乗るつもりだったようだな」

剣一郎は周囲を見回す。

「この辺りに賊が身を潜める場所はないようだ。待ち伏せではなく、あとをつけて来て、暗がりで襲ったのではないか」

剣一郎は推察した。

「光岡どのはよく『さわの』に行っていたのか」

「若い衆に聞きましたら、よく『さわの』に姿を見せていたそうです」

京之進の言葉に蔑《さげす》みが感じられた。

「派手に遊んでいたのであろう」

「はい。この界隈では、光岡さまの遊びっ振りはかなり有名だったとか」

高積見廻りは商家と直接接触するのでかなり余禄《よろく》があったのだろう。だが、そんなに豪遊出来るほどもらっていたのか。

議ではない。

しかし、それほど有名であれば、襲撃者も光岡征二郎のことを知っていたとしても不思議ではない。

最初のふたりは奉行所の帰りを狙ったが、警戒が厳しくなって襲撃の仕方を変えたのであろう。

翌朝、剣一郎は改めて『さわの』にやって来た。

黒板塀で、門の両脇に柳の木が植わっている。夜の華やかさはなく、ひっそりとしていた。

細身の色っぽい女将《おかみ》が眠そうな顔で出て来た。

「朝早くからすまない。ゆうべ、光岡征二郎がこちらに来ていたそうだな」

「はい、お見えでした」

「ちと光岡征二郎が呑んでいた部屋を見せてもらいたい」

「は、はい」

女将はためらいながら承知した。

「こちらでございます」

光岡征二郎はいつもこの座敷に通ったという。

庭の見える、造りも上等な座敷だ。いつも馴染みの芸者を呼んでいたという。

「羽振りのよい御方でした」

女将がしんみり言う。

「きのうは芸者は？」

「いえ、きのうはお呼びではありません」

「いつも芸者を呼ぶのに、きのうに限って呼ばなかったというのか」

「はい。でも、ときたまそういうことがございます。そのときは、いつもよりお早くお帰りになりますが」

きのうは、いつもと違う行動をとっていたことになる。が、どうやら、以前にも何度か同じようなことがあったらしい。

「帰りはいつも歩いて帰るのか」

「いえ。遅くまでいらっしゃるときはお駕籠《かご》をお呼びいたします。きのうは早くお帰りでしたので、お駕籠を使わなかったのでしょう」

「なぜ、早く帰るのか、訊ねたことはなかったか」

「はい。いつぞや、きょうはお早いお帰りで、と訊ねましたところ、ちょっと用事があってな、と上機嫌に笑っておられました」

「上機嫌だったのか。きのうもそうだったのだな」

「はい」

あとに控えていた用事は光岡征二郎にとって楽しいことだったに違いない。女に会いに行ったのではないか。光岡征二郎はここから女との待ち合わせ場所に向かったのだ。

駕籠を使わず、船で行こうとしたのはそのほうが便利だったからだろうか。

襲撃者は前々から光岡征二郎に目をつけていたのであろう。だが、光岡征二郎はいつもと違う行動をとったのだ。にも拘わらず、賊は襲った。ときたま光岡が早く引き上げるということを知っていたのかもしれない。

賊は光岡征二郎が『さわの』の常連だということも知っていたと思われる。つまり、賊はこの界隈に出没している可能性が強い。

「客のことは言いづらいだろうが、ちと教えて欲しい」

剣一郎は切り出した。

「こちらには武士もたくさん来るのだろうな」

「はい」

「浪人ふうの者は?」

「はい。ときおり、商家の旦那に連れられてお見えになることもございます」

「それらの者の名前を教えてもらうわけにはいかんだろうな」

「それはちょっと」

「いや、いい。無理にきき出すつもりはない」

料亭の信用に関わることだ。

「光岡征二郎は馴染みの芸者とは長いのか」

剣一郎は質問を変えた。

「はい。でも、ひとりでなく何人かいらっしゃいます」

その他、いくつか質問したが、手掛かりになるようなものは得られなかった。

『さわの』から今度は亀久橋にある船宿に向かった。

船宿の女将は、光岡征二郎のことは知っていた。

「光岡さまにはとんだご災難でございました」

「光岡征二郎はときたまここから船を使っていたようだが、どこに向かったのか覚えてはいないか」

「ちょっとお待ちください。誰かいないかえ」

女将が手を叩いた。

すぐに奥から若い男が出て来た。

「光岡の旦那を乗せたことのある者は誰だえ」

「へえ、あっしも乗せたことがありやす」

「どこまで運んだか、覚えているか」

剣一郎がきいた。

「へえ。柳橋《やなぎばし》の船宿です」

「柳橋?」

なるほど、船宿に行くので船を利用しようとしたのか。

奉行所に顔を出すと、長谷川四郎兵衛が飛んで来た。

「またも犠牲者が出おった。なんたることだ」

四郎兵衛は顔を真っ赤にしている。

「手掛かりは摑めんのか」

「残念ながら」

「はがゆい」

「どうぞ私用の際も単独行動を慎むように皆の者にお達しを」

「わかっておる」

四郎兵衛は癇癪《かんしゃく》を起こした。

「ええい、どいつもこいつも頼りにならん者ばかりだ。よいか、今度犠牲者が出たら、青痣、おぬしの責任だ」

太い指先を剣一郎の鼻先に向けて逆上ぎみに言い、四郎兵衛が去っていった。

四郎兵衛の立ち去ったあと、吟味与力の橋尾左門が顔を出した。

「何か」

左門のほうからやって来るのは珍しいことだった。

「よろしいか」

「どうぞ」

左門は剣一郎の前に腰を下ろし、

「指物師英五郎のことだ」

と、切り出した。

「きょう吟味があったのか」

剣一郎の胸はたちまち塞《ふさ》がれた。

「伊助のことを何も言わんのだ。しかし、もはや証拠は揃《そろ》っている。いつまでも、英五郎の吟味を長引かせておくわけにはいかぬ」

「待て。英五郎は伊助をかばっているのだ」

「その証拠はない。英五郎が身の証を申し立てなければやむを得まい」

伊助は逃げた女房お新の病気を見届けてから自首してくると、英五郎は信じているのだ。だが、そのことを橋尾左門に話しても英五郎の気持ちが理解出来ないであろう。

「裁きは？」

「厳しいものになるであろう」

「わかった」

　頼りは文七だ。文七が帰ってくれば伊助の様子がわかる。


夕方になって、定町廻り、隠密廻り、臨時廻りの同心たちが続々と奉行所に集まって来た。

　全員が揃ったところで、剣一郎は一同の者に向かって、

「それでは、各自調べた結果を披露してもらいたい」

「青柳さま」

　と、最初に定町廻りの市野多三郎が口を開いた。

「信州に入っていた手下が帰って来ました」

「豪次郎のことがわかったか？」

「はい。信州の湯治場で養生をしている由にございます」

「やはり、そうであったか」

「客の振りをして言葉を交わしましたところ、熊五郎のことを兄だと思っていないとのこと。やつれた豪次郎の様子からも、とうてい殺し屋を雇って兄を助け出そうとする人間には思えなかったということでございます」

「よし。ご苦労であった」

剣一郎は植村京之進に顔を向け、

「京之進のほうはどうだ？」

「はっ。熊次郎の女だったお貞はまだ黒江町に住んでおりました。じかに接触するのは拙《まず》いと思い、今手の者に見張らせております。これまでのところ、遊び人らしい男が出入りしているようですが、侍との接触はありませぬ」

「うむ。続けて、探索を続けてもらおう。津久井さんのほうは？」

「はっ」

隠密廻りの津久井半九郎に訊ねた。

「あの古道具屋に侍のやって来る気配はありませぬ。近所の者に訊ねましたが、侍の出入りを見たこともないそうです。ただ、あの店は繁盛しているようには思えませんが、ときおりうさん臭い人間が品物を売りに来ます。あの亭主は品物を調べることは調べますが、そのまま突き返してしまい、取引が成立したのを見たことはありませぬ」

「今度、客のあとをつけてみてくれ。どんな客が品物を売りに来ているのか、知りたい」

「はっ。畏まりました」

探索の見通しはまだまだ厳しかった。

その夜、帰宅すると文七が旅支度のまま待っていた。

「おう戻ったか。ご苦労であった」

「はい。いろいろ調べるのに時間がかかってしまい申し訳ありませんでした。旦那。たいへんです。伊助は別の女と旅立ったあとでした」

「別の女と？　お新はどうした？」

「お新は十日ほど前に亡くなっておりました。伊助は弔いを出したあと、おらくという女と懇《ねんご》ろになり、あっしがその家に辿り着いたときにはもうふたりはいませんでした。近所の者の話では旅に出ると言って出かけたそうです」

「ばかな」

覚えず、剣一郎は眦《まなじり》をつり上げた。

「で、行く先はわからぬのか」

「道中手形をとった形跡はなく、見かけた者を探してきき出しやしたが、江戸方面に向かったとのことで、高井戸までは跡を追ったのですが、その先がわかりませんでした。そのまま江戸に向かったか、あるいは別の方向に足を向けたか。とりあえず、ご報告をと思いまして」

「伊助も事件が気になっているだろう。ひょっとして様子を探るために江戸に入るかもしれねえな」

英五郎のことを知ったら、伊助はどうするか。

しかし、伊助に女が出来たことが気がかりだった。最初は自首する気持ちがあったにせよ、女との暮らしが気持ちの変化につながるかもしれない。

自首して出ても死罪は間違いない。だが、このまま逃げおおせるかもしれないのだ。どちらを選ぶか。英五郎との信義を守って死ぬより、女を選び逃亡を図る可能性も強い。

「旦那。それから、伊助を探している謎の男ですが、やはり八王子にも現れました。あっしの先回りをしております」

「何者なのであろう」

剣一郎も皆目見当もつかなかった。

「その男は高井戸から江戸に向かったようです。ひょっとしたら、伊助を追って江戸に向かったのではないかとも考えられます。あっしは高井戸まで戻ってもう一度伊助を探してきます」

「ご苦労だが、頼む。が、今夜はゆっくり休め」

「はい」

文七は疲れなど知らぬように機敏な動きで去って行った。

翌日、吟味のために連行されてきた英五郎を仮牢の外鞘に呼び出し、剣一郎は告げた。

「伊助の動静がわかった」

はっとしたように、英五郎は顔を上げた。

「伊助は病で倒れたお新のところに行ったそうだな。だが、お新は十日ほど前に亡くなっていたそうだ」

「そうですか。お新さんはいけませんでしたか」

英五郎がしんみり言った。

「英五郎、驚くな。伊助は八王子で女が出来たそうだ」

「女？」

英五郎は口許を歪《ゆが》めた。

「ご冗談を」

「冗談ではない。伊助は弔いを出したあと、おらくという女と懇《ねんご》ろになってふたりで旅に出たそうだ」

英五郎の表情が曇った。

「江戸方面に向かったらしいが、江戸にやって来るかどうかわからん。事件が気になって、様子を探るために江戸に入るかもしれないが、女連れだ。自首するかどうか」

自首して出ても死罪は間違いない。英五郎との信義を守って死ぬより、女と共に逃亡を図る可能性も強い。

「こうなったら、伊助を守ることより、自分の身の証を立てるのだ」

英五郎は苦しそうに顔を歪めた。

「旦那。もうしばらく待ってくだせえ。お新さんに逃げられたあと、あいつは荒れていた。でも立ち直ったんだ。伊助を信じてやったからですぜ。あんとき、見放していたら、奴はだめになっていたはずです」

「英五郎。おまえと伊助のことはおかみさんから聞いた。弟のように思っていることはよくわかる。だが、今はそのときと事情が違う。おめえの命と名誉がかかっているんじゃねえか」

「へい。わかっていやす。でも、もう少し、信じさせてやってくだせえ。あっしが信じてやらねえで、誰が伊助を守ってやれるんですかえ」

「伊助を信じようとするおめえの気持ちはよくわかった。だが、おまえの内儀さんや子どもはどうなるんだ?」

「あっしの気持ちはうちの奴もわかってくれるでしょう。子どもたちには、お父っつあんはひとを最後まで信じていたんだってことを心に留めてもらいてえんですよ」

「おめえって奴は……」

もし、伊助が自首してこなかったらどうするんだときくのは愚問だ。英五郎はあくまでも伊助を信じようとしているのだ。

「おめえにとっては自分の命より、ひとを信じることのほうが大切だってわけか」

英五郎が頷くまで一瞬の間があった。

そのとき、英五郎も伊助の心に疑いを持っているのかもしれないと思った。その不安を信じようという思いで必死に封じ込めているようでもあった。

第三章　居合の達人

一

巣鴨《すがも》村の百姓家の離れに、伊助とおらくは逗留した。おらくの旦那が昔世話をしたことのある者の実家だという。

おらくはここにしばらくの厄介《やっかい》を頼んだのだが、当主は最初は渋った。男連れだというのが気にいらなかったのだろう。おらくは金を出して、ようやく当主に承知させた。

「ふん、さんざん旦那には世話になっておきながら、死んだらこうなんだから」

おらくは吐き捨てたが、それは無理からぬことだと伊助は思った。いくら恩ある旦那の知り合いだと言っても、所詮おらくは妾《めかけ》だ。妾がわけのわからない男を連れて世話になりたいと言って来ても、歓迎出来るわけはないだろう。

伊助はさんざん不平を言っているおらくをなだめるのに苦労したが、おらくはこの場所自体を気にいったようだった。

百姓家だといっても板橋宿《いたばし》に近く、北に行けばこんもり見える鬱蒼《うっそう》とした丘に王子稲《おうじいな》荷《り》、そして飛鳥山《あすか》へと続く。風光明媚《ふうこうめいび》な行楽地に近いのだ。

「きょうは飛鳥山まで行ってみないかえ」

おらくが太平楽に言ったが、伊助はそれどころではなかった。

「いや。ちょっと長屋の様子を見て来てえんだ」

「だいじょうぶかえ」

危ぶむような言い方をしたおらくに、

「どういうことだ?」

と、伊助はきき返した。

「そんなおっかない顔をしないでおくれよ」

「別にそんな顔をしているつもりはねえよ」

あわてて、伊助は答える。

「伊助さん。私に何事も隠さず話してくれないか」

おらくが真剣な眼差しで迫った。

「何のことでえ」

「伊助さん。江戸で何かやって来たんじゃないのかえ」

「ばかな」

「伊助さんが悪いことの出来る人間じゃないってことはよくわかる。でも人間にはつい魔が差すってこともある。ねえ、伊助さん、ほんとうのことを教えてくれないか。何を聞いたって、あたしのおまえさんへの気持ちは変わりゃしないよ」

「つまんねえこと考えるねえ」

伊助は背中を向けた。

その背中におらくが頬を寄せてきた。

「伊助さんは夜中にときたまうなされているんだよ。ひとりで苦しんでないで、あたしにもその苦しみを分けておくれ」

「おらく」

伊助はおらくの手を握った。

その手の温もりが伊助の胸を熱くした。俺はひとりぼっちじゃねえんだ、と思った。

いつまでもおらくを騙《だま》しているわけにはいかない。が、強盗を働いた身だとは言えるわけはない。

「心配かけてすまねえ。じつはちとしくじりをやっちまって親方の勘気を被《こうむ》ってしまったんだ」

伊助は嘘をついた。

「親方の勘気だって？」

「ああ、そうだ。俺は指物師なんだ。ちょっと仕事のやり方のことで親方に逆らっちまい、やりあっちまった。親方も怒ってな。おめえなんか弟子とは思わねえって言うから、上等だ、こっちだって親方と思わねえと啖呵《たんか》を切って、親方のところを追ん出てしまったのさ」

伊助は胸が痛んだが、嘘を続けた。

「恩ある親方のところを後足で砂を掛けるように飛び出してしまったのさ。そのことを今になって後悔しているんだ」

「そうだったのかえ」

おらくは眉をひそめて言った。

「だから、ちょっと親方の様子を見に行ってきてえんだ」

「勘気が解けていなけりゃどうするつもりなんだね」

「そんときはそんときだ」

「あたしも行こう。あたしが頭を下げても無駄だろうけど、それでも少しは親方の心が動くかもしれないじゃないか」

「いや、そんな親方じゃねえ。女など連れて行ったら、かえって怒らせるだけだ。筋を通さなければだめだ」

いじらしいと思いながらも、伊助はおらくをなだめた。

「だから、俺ひとりで行って来る。なあに、心配はいらねえ」

「でも」

「心配はいらねえ。必ず帰ってくる」

伊助はそう言ったあとでふと別の不安に襲われた。長崎屋の内儀は俺のことに気づいたかもしれない。だとしたら、手配されているかもしれない。

事件のその後の様子が皆目わからないのだ。俺の犯行だと気づかれちまっているところにのこのこと出て行くのは、飛んで火に入る夏の虫だ。

「どうしたんだい、伊助さん。何を考え込んでいるんだい」

「えっ、いや」

おらくの顔を見て、伊助の考えが変わった。親方の家の近くまで行くのに、おらくといっしょのほうが疑われずに済む。それに、もう一つの考えも浮かんだ。

「おらく。じゃあ、いっしょに来てくれるか」

「もちろんさ」

おらくが表情を輝かせた。

「よし。じゃあ、さっそく行ってみよう」

伊助は親方に会い、おらくのことを話して、もうしばらくの猶予をもらおうと思った。親方だって無理強いはすまいという甘えた気持ちもあった。

おらくは商家の内儀ふうに、伊助は手代のような姿にしつらえ、巣鴨村を出発した。青空が広がり、ふたりの頭上でひばりが舞っていた。

三里近い道程を一刻半《とき》（三時間）ほどかけて下谷広小路《したやひろこうじ》にやって来た。ここまでは誰にも不審をもたれなかったが、上野山下《うえのやました》を過ぎた辺りから、町方らしき尻端折りした目つきの鋭い男たちとやたらと出会うようになった。そのたびに、おらくの背中に顔を隠すようにした。

今度は前方から八丁堀の同心が歩いて来たので、伊助はおらくの手を引っ張り、湯島天《ゆしま》神のほうに折れた。

人通りの多い場所を選び、人込みに紛れて、神田明神までやって来た。

「おらく。この先は俺ひとりのほうがいい。あそこに水茶屋がある。そこで少し待っていてくれないか」

伊助は鳥居の前にある水茶屋を指さした。

「どうしてさ、親方に私も会うよ」

「いや、様子を窺ってからだ。それからでも遅くはねえ。それに、おめえ足が痛そうだ」

「そうだね。ちょっと疲れちまった」

おらくは正直に言った。

「そうだろう。ここで、少し休んでいてくれ」

伊助は茶店に入り、小上がりの座敷の隅におらくを落ち着かせた。

「姐《ねえ》さん、甘酒と団子をくれないか」

紅いたすき掛けの小女に言い、

「俺はちょっと用足しに行ってくる。連れを頼んだ」

「はい。行ってらっしゃいまし」

「じゃあ、すぐ戻ってくる」

おらくに声をかけ、伊助は神田旅籠町の親方の家に向かった。

あれから二十日あまりになるのか。ずいぶん久しい感じだ。見慣れた町並みが妙に懐かしく思えた。

親方の家は戸が閉まり、ひっそりとしていた。

どうしたのだろうと、伊助は裏にまわった。そこも閉まっていて、ひとの気配さえない。ためしに声をかけたが返事はない。

もう一度、表にまわった。いってえ、どうしたってわけだと訝《いぶか》りながら、もう一度戸障子をがたがたさせていると、背後から声をかけられた。

「親方に用かね」

ぎょっとして振り返ると、大家の助次郎だった。

「あっ、おまえは伊助じゃないか」

助次郎が驚いたように声を上げた。

「大家さん」

伊助は頭を下げてから、

「ここはどうしたんでしょうか」

と、きいた。

「おまえさん。どうしていたんだね。たいへんなことになっちまったんだ」

「大家さん、何があったんで？」

不安が一気に押し寄せた。

「英五郎親方は町方にしょっぴかれちまった。今は小伝馬町だ」

「なんですって。どういうことですかえ」

伊助は狼狽しながらきいた。

「そいつはこっちがききたい。町方がおまえさんを探していた。いってえ、何があったんだ？」

「俺は……」

伊助は口ごもった。

「ちょっと俺んとこに来い」

辺りを見回し、大家は自分の家に伊助を招じた。

「親方は強盗を働いたってことだ」

「ば、ばかな」

伊助は素《す》っ頓《とん》狂《きよう》な声を上げた。

親方は何の関係もないのだ。どうして、牢に入れられちまったんだ。伊助の頭の中がめまぐるしくまわった。そうか、金と血糊のついた着物が見つかっちまったのかもしれないと愕然とした。

だが、申し開きをすれば、親方じゃねえことがわかるはずだ。

「長崎屋の内儀さんが強盗は英五郎だと証言したんだ。間違いないようだ」

「長崎屋の内儀が？　そんなばかな。親方は何って言っているんだ」

「英五郎親方は何も言わないらしい」

「何も言わない？」

「そうだ、おめえがどこにいるのか、なんで姿を晦《くら》ましたのか、そのことも何も言おうとしないと、岡っ引きが言っていた」

そうか。親方は俺の身代わりになっているのだ。

「だがな、行方を晦ましたおめえが何かを知っているはずだっていうんで、町方がおめえを探しているんだ」

「そんなことになっちまっているなんて知らなかった」

「英五郎親方は死罪になるだろうって言っていたぜ」

「げっ、死罪」

伊助は胸を締めつけられるような衝撃を受けた。

「十両を盗み、ひとをひとり殺しているんだ」

「殺し？　殺しってまさか」

伊助が引きつった声を出した。

「忍び込まれた商家の番頭が殺されたそうだ」

じゃあ、あんときの男は死んじまったのかと、伊助は息が詰まりそうになった。

「おめえ、何か知っているならすぐに番所に出向くんだ」

「親方……」

伊助は呟いた。はっと気づいて、伊助は顔を上げた。

「親方の内儀さんは？　お子たちは？」

「内儀さんの実家のほうだ。職人たちも皆やめちまった。最後に残っていた若い者もいなくなっちまった」

「すまねえ、親方。俺のために」

伊助はぼろぼろ涙がこぼれた。

こんなことになっちまっているというのに、俺はおらくといっしょにのうのうとしていたんだ。すまねえ、親方、と伊助は自分を責めた。

「大家さん、よくわかりやした。親方は何も知らねえんで。すべて俺がやったこと」

「なんだと、おめえが強盗を働いたって言うのか」

大家が目を剝いた。

「あっしの逃げた女房が病に罹っちまって。その薬代欲しさについ」

伊助は事情を話した。

「親方は必ず自首しろといい、あっしを見逃してくれたんです」

「そうか、そういうことだったのか」

「あっしは御番所に自首して出ます」

「そうだ。そうしろ。親方を助けてやるんだ」

「へえ」

「自首する前に町方に捕まっちまっては何にもならねえ。よし、これから俺といっしょに行こう。ついて行ってやるから自首するんだ」

「待ってくれ」

「何が待てだ。これから行くんだ」

「もうしばらく待ってくれ。やり残したことがあるんだ」

「てめえ、逃げるつもりじゃねえだろうな」

「違う。大家さん、もうちょっと待ってくれ」

立ち上がり、身を翻《ひるがえ》した。

「あっ、待て。待ちやがれ」

大家があわてて土間に転げ落ちた。

「すまねえ、大家さん」

伊助は外に飛び出した。

なんてこった、こんなことになるなんて、と伊助はやりきれない思いで、おらくの待っている茶店に急いだ。

茶店の前で、伊助は足が動かなくなった。おらくになんと言って説得すればいいのか。俺を頼ってきたおらくを不幸にしてしまう。

張り裂けそうになる胸の苦しみをこらえながら、伊助は茶屋に入って行った。急がなければ、大家の訴えを聞いて町方がやって来る。

衝立《ついたて》の陰で、おらくが不安そうな顔で待っていた。

「おらく」

「あっ、伊助さん」

おらくの表情が明るくなった。

「遅かったから心配したわ」

縋《すが》るような目を見て、伊助は胸が熱くなった。

「どうしたんだえ、おまえさん、顔色が悪いよ。親方に許しをもらえなかったのかえ」

「ああ、そんなすぐにはうまくいくはずはねえ」

伊助は曖昧《あいまい》に答えた。

「どうだえ、疲れはとれたか。遅くなるといけねえから帰ろう」

おらくをここに置いて自首するわけにはいかない。これからのおらくの身の振り方を考えてやらねばならない。ともかく、いったん巣鴨村に帰るのだ。

「おまえさんこそ、だいじょうぶかえ」

「なあに、俺は平気だ。さあ、急ごう」

「あいよ。おまえさんといっしょならどこまでだって歩けるよ」

おらくは白い歯を見せた。

来た道を避け、伊助は本郷《ほんごう》のほうを廻り、千駄木《せんだぎ》から王子村のほうに足を向けた。

追手がやって来る気配はなかった。ここまで来れば一安心だと思った。懐にはまだ少し金がある。おらくにほんとうのことを話さねばならないが、その前におらくに楽しい思いをさせてやりたいと思った。

きょうが最後の夜になるのだと思うと、おらくが不憫《ふびん》になってきた。

「おらく、どうでえ、たまには贅沢《ぜいたく》しねえか。ほら、あそこの料理屋。うまそうじゃねえか。寄って行くことにしようぜ」

ふと不審の色を見せたが、おらくは笑みを浮かべた。

飛鳥山の下にある料理屋に入った。案内された二階の入れ込みの座敷の窓から、かなたに筑波《つくば》山が望めた。武家もいれば商人らしい人間もいる。中には風流人らしいひとの姿も見えた。

「酒をもらおうか」

「久しぶりに呑もうかねえ」

おらくがうれしそうに応じた。その表情からは伊助の心の中を疑う様子は微塵も感じられなかった。

やがて酒が来て、料理も運ばれてきた。

今宵が別れになるかと思うと、酒の味が妙に辛《から》く感じられた。

酒を呑みながら、麦とろ汁、玉子焼き、しじみ汁、すずめ焼き、鯉《こい》こくなどに舌鼓《したつづみ》を打った。

伊助はあまり食が進まなかった。おらくは妙にはしゃぎながら、酒を呑み、料理を口にした。

外に出たときには日はとっぷりと暮れていた。

星が瞬いていて、百姓家の離れに帰り着く頃に、出の遅い月が輝いていた。

「ああ、いい心持ち」

布団の上におらくが倒れ込んだ。

おらくの幸せそうな顔を見て、伊助は切り出せなくなった。喉まで出かかった言葉を、何度も胸に流し込んだ。

おらくが急に起き出した。真顔になって、居住まいを正した。

「伊助さん。さっきから、ため息ばかしついて、様子が変だよ」

「えっ？」

おらくの強い眼差しにうろたえた。

「親方のところから帰ってきたとき、顔色が悪かった。それなのに、妙に伊助さんはやさしい。いったい何があったのさ。教えておくれ」

「おらく」

「どうしたんだよ」

「俺は……」

伊助はがくっと肩を落とした。

「すまねえ。俺はおめえを騙していた」

「えっ、騙す？　どういうことなんだい、ねえ、伊助さん」

おらくは泣き出しそうな顔になった。

「親方と揉め事があったわけじゃねえんだ。俺は、俺は……」

「はっきり言っておくれ」

「俺はひとの家に盗みに入ってひとを刺しちまったんだ」

「なんだって」

おらくの悲鳴が胸に響いた。

「驚いたか」

「伊助さん、まさか、あのお新っていう女のために、そこまでしたのかえ」

「お新のことを知っていたのか」

「当たり前さ。噂ぐらい耳に入るもの」

「そうか、お新のことを知っていたのか」

伊助が呟くように言ってから、

「お新に未練があったとか、そういうんじゃねえ。男に捨てられた上に病気で臥《ふ》せっていると言うじゃねえか。不憫でならなかった。あの女が男と逃げたのも俺の手慰みが原因なんだ」

伊助は長崎屋という商家に忍び込んだこと。逃げる途中に番頭らしい男ともみあいになったこと、そして英五郎に諭されたことを語った。

「お新のことが済んだら必ず自首して出ると、親方と約束したんだ。その約束からだいぶ日にちが経っちまった」

「伊助さんにそんなことがあったなんて」

畳に手をついて、おらくは蒼白な顔で呟いた。

「すまねえ。おめえと深くなってはだめだと自分に言い聞かしていながらこんなことになっちまった。俺が正直に打ち明けていりゃ、おめえだって俺についてきたりしなかったろうに」

俺はまたも女を不幸にしてしまったのだと自分を責めた。

「自首したらどうなるんだえ」

おらくの目が鈍く光った。

「相手は死んじまったらしい。死罪は間違いねえ」

伊助はやり切れないように言う。

「いやだ。伊助さんが死んじまうなんてやだ」

おらくが激しくしがみついてきた。

「俺だって死にたかねえ。だが、俺は罪を犯しちまったんだ。俺が自首しなけりゃ、親方が俺の罪を被っちまうんだ」

伊助の胸に顔を埋めていたおらくが聞き取れない声で言った。

「何だ、おらく」

「逃げよう」

「逃げる？　冗談はよせ」

「冗談なんかじゃないよ」

おらくが顔を上げた。

「何も死罪になるとわかっていて自首することなんてないじゃないか。このまま、どっか遠いところに行こう。暮らしのことならなんとかなる」

「そんなこと出来やしねえ。親方が俺の身代わりになっちまっているんだ」

伊助は親方への思いを話した。

「親方は俺を実の弟のように面倒を見てくれた。博打や酒に溺れ、お新に逃げられて生活が荒れていたときも、俺を見守ってくれた。親方がいなければ、俺はあのままだめになっちまっていたところだ」

「だいじょうぶよ。いずれ、親方はほんとうのことを白状するはずさ。そしたら、親方は助かる。その前に、ふたりで遠くへ逃げよう」

「そんなこと出来るか。親方との約束を破るわけにはいかねえ」

おらくがふいに怖《こわ》い顔つきになった。

「もし、伊助さんが自首したら、あたしはもう生きていけやしないよ」

伊助ははっとして、

「何を言うんだ。おめえはちゃんと生きていくんだ。おめえだってまだ若え。これから、もっといい男に巡り会える」

「これ以上生きていたっていいことなんてあるものか。どうせ、辛い目に遭うことがわかっているんだもの。伊助さんのいない世の中に未練なんてない。あたしを殺しておくれ。自首する前に、あたしを殺しておくれ」

「ばかな」

伊助は狼狽した。

おらくが突っ伏して泣き出した。

「伊助さん。あたしのために生きておくれ」

おらくの声が激しく伊助の胸を揺さぶった。おらくはほんとうに死ぬかもしれないと思った。

泣き伏しているおらくを見つめながら、伊助は胸をかきむしるように言った。

「俺だって生きていてえ。だが、親方と約束をしたのだ。自首すると」

またも、おらくがしがみついてきた。おらくの涙が伊助の手に落ちた。

「死んじゃいやだ。死なないで」

熱にうかされたように、おらくは呟いていた。

二

英五郎が奉行所に連れてこられたのを待って、剣一郎は仮牢に出向いた。

いつものように、英五郎を外鞘に連れ出した。

「伊助が現れた」

「えっ、ほんとうですか」

「ああ、大家の助次郎が会った。だが、自首すると言いながら、まだやってこない」

「きっと来ます。伊助は自分を裏切って男と駆け落ちした女房を、盗みまでして助けようとしたんです。盗みをしたことはとんでもねえことですが、奴は心のやさしい人間だ。そんな人間が俺との約束を破るはずはねえ」

「しかし、伊助はひとを殺している」

「そのことはあっしも腑に落ちねえ。伊助がひとを殺すわけがねえ。最後に会ったときも、あいつは威《おど》しのつもりで刃物を突き出したのが間違って腹を掠《かす》めたと言ってやした。そのときの感じでは相手が死ぬとは思っていなかったようです」

「だが、現に相手は死んでいるんだ」

「へえ」

「英五郎。きょうの吟味に大家の助次郎も証人として出て来る。すべてを正直に話すんだ。いいな」

「はい」

伊助が現れたことはすぐに助次郎から自身番に知らされ、町方が捜索をしたが、見つけることは出来なかった。が、伊助の口から、自分がやったと助次郎は聞いたという。そのことを、証言させるために助次郎を呼び出したのだ。

仮牢から部屋に戻ると、お奉行に呼ばれた。

お奉行への報告と言っても、まださしたる手掛かりはなく、剣一郎は手詰まりの状態であることを正直に告げた。

通四丁目の大黒堂の件、さらに熊五郎の元情婦のお貞のことにしても、確たる手応えのあるものではなかった。

「青柳どの。のんびり構えられてもらっては困りますぞ」

長谷川四郎兵衛がいらだって言った。長谷川四郎兵衛はお奉行の責任問題に発展することを恐れていたのだ。その懸念を聞いたとき、剣一郎ははたと気がついたことがあった。が、剣一郎はあえて口を噤《つぐ》んだ。

「引き続き、探索を頼む」

お奉行の励ましに、事件解決に向けて全力を注ぎますと誓ってから、剣一郎は与力殺しの捜索の連絡所となっている部屋に戻った。

そして、改めてさっき閃《ひらめ》いた考えを反芻《はんすう》した。

賊の要求は熊五郎のお解き放ちだ。が、熊五郎の弟豪次郎は信州で病気療養中であり、お貞という女にもどうやら新しい間夫《まぶ》がいるようで、今のところ不審な点がない。その他に熊五郎に関わりのある人物は見つからず、そうなると、果たして賊の狙いはほんとうに熊五郎のお解き放ちなのであろうかと疑問を持たざるを得ない。

熊五郎はのっぺりした顔だちの優男で、夢中になる女がいてもおかしくはない。だが、仮にそんな女がいたとしても与力殺しを犯してまでも助け出そうとするだろうか。

賊の要求は目晦《めくら》ましではないのか。では、実際の狙いは……。

（お奉行の失脚）

内臓がぎゅっと締めつけられるような痛みを覚えた。

だいたい町奉行は二、三千石の旗本から選ばれることが多い。町奉行の御役高は三千石である。また在職中の功績によっては禄高が増えることもある。

が、それ以上に江戸町奉行職は出世道でもあるということだ。江戸町奉行を務めた者は寺社奉行・大目付に昇進する例が多い。それだけに町奉行になりたがっている者も多いであろう。

そうは言っても、江戸の治安を守る町奉行職に就きたいと思う者が、あのような残虐な手段を使ってでもその地位を手に入れようとするだろうか。

それとも、現町奉行の山村良旺を単に失脚させたいだけなのか。

熊五郎の件は目晦ましであるという前提に立って、剣一郎はもう一度事件をお浚《さら》いすべく書き役同心がまとめた資料に目を通した。

最初の犠牲者原金之助はふいを襲われ刀を抜く間もなく斬られ、傍らに、『熊』と書かれた紙片。「熊五郎をお解き放ちせよ」の脅迫文が届いたのは数日後のことだ。そして、その夜のうちに第二の犠牲者が出た。宮島平六郎は一応警戒していたから刀を抜いて敵に立ち向かおうとしたが、賊の居合の前には防ぎえなかった。

ふたりは奉行所からの帰途を狙われたのだが、三人目の犠牲者の光岡征二郎は私用で行った料理屋の帰りに斬られている。

酒に酔っていたとはいえ、腕に覚えのある光岡が一撃で殺されたのであるから敵の居合の腕は恐ろしいまでだ。

犠牲になった三人に共通点はない。敵の要求通りであれば、殺す相手は与力であれば誰でもよかったということになる。しかし、お奉行の失脚が目的であれば、お解き放ちを要求する相手も熊五郎ではなく、誰でもよかったということになる。

剣一郎はふと疼《うず》いた左頰に手を当てた。敵の心の裡《うち》を考えた。お解き放ちの相手はほんとうに誰でもよかったのか。お奉行の失脚を図るのなら、凶悪な極悪人を牢から出させたほうが江戸市民の不安も大きくなるはずだ。

熊五郎程度の悪人では江戸の治安に与える影響はさほどない。お奉行の責任問題に発展させるには適当な相手とはいえない。

が、さらに考える。敵は果たして、このような威しに奉行所が屈すると本気で思っていたのであろうか。

わからない。だが、いずれにせよ、敵は熊五郎の名を挙げたのだ。熊五郎をだしに使っただけにせよ、敵の一味に熊五郎を知っている者がいたことは間違いない。

よし、と剣一郎は気合を入れるように声を発して立ち上がった。書き役同心が書き物の手を止め、驚いた目を向けた。

小者に探索に出ている植村京之進への言づけを頼み、剣一郎は奉行所を飛び出した。

厚い雲が低く垂れ込めている中、剣一郎は黒江町へとやって来た。

そこの自身番に入ったが、植村京之進はまだだった。店番の者から茶を馳走になって待っていると、呼びに行った奉行所の小者といっしょに植村京之進が現れた。

「青柳さま。お呼びだそうで」

「うむ。お貞のほうは何か摑めたか」

「はい。お貞の所に出入りしている遊び人ふうの男は新蔵《しんぞう》っていう娼家の用心棒みたいなことをしている人間です」

「お貞と新蔵は出来ているのか」

「はい。どうも、お貞が熊五郎に未練を持っているようには思えません」

「よし。お貞にじかに会ってみよう」

「しょっぴきますか」

京之進が意気込んで言う。

「いや。家まで出向こう」

自身番を出て、お貞の家に向かった。

お貞は料理屋の仲居をしており、夕方に家を出るという。この時間はまだ家にいるとのことだ。

お貞の家の見通せる軒下で、所在なげに腰を下ろしていたのは京之進が手札を与えている岡っ引きの手下だ。お貞をずっと張り込んでいるのだ。

剣一郎と京之進の姿を見て、手下の若い男はあわてて立ち上がった。

「お貞は家にいるな」

京之進が小声できいた。

「へい。さっき、新蔵って奴も入って行きやした」

「そいつは好都合だ」

剣一郎はお貞の家に向かった。

格子造りの家だ。念のために、京之進が裏にまわった。

まず手下が格子戸を開け、

「ごめんください」

と、奥に向かって声をかける。

なかなか出て来ない。

「ごめんくださいよ」

一段と大きな声を張り上げた。

やがて、奥から口にかかったほつれ毛を手でかきわけながら年増の女が気だるそうに出て来た。

「なんだね」

咎《とが》めるような目だ。どうやら、男としっぽりとしていたところだったのかもしれない。

「お貞だな。俺は八丁堀与力の青柳剣一郎というものだ」

手下の後ろから、剣一郎が土間に入った。

「えっ、与力。ひょっとして青痣与力」

お貞は頬の痣を見て言った。

「俺のことを知っているのか」

「は、はい。噂で」

「どんな噂か気になるが、そいつは今後のお楽しみとしておこう。ちょっとおめえにききてえことがある」

剣一郎は伝法に言った。

「はい、なんでしょう」

襟元に手をやり、お貞は腰を下ろした。

「熊五郎を知っているな」

「熊五郎？」

お貞が意外そうな顔をした。

「熊五郎って、あの女たらしの男ですかえ」

「そうだ」

「知っていますけど、あの男は今、牢屋にぶち込まれているはず」

「そうだ。おめえはまだ熊五郎に未練があるっていう話だが」

剣一郎は鎌をかけるようにきいた。

「あたしがですか。冗談じゃありませんよ。あんな男。とうに忘れちまいましたよ」

「ほんとうか」

「ほんとうも何も、あたしは熊五郎みたいなまっちろい男、あまり好きでもなかったんですよ」

「新蔵って男のほうがよっぽどいいか」

「ご存じなんですね、新蔵のことを？」

開き直ったように、お貞がきいた。

「今、ここにいるな」

「ええ」

「新蔵を出してくれないか」

「新蔵さんに何の用なんですか」

「なあに、たいしたことじゃねえ」

障子の開く音がして、浅黒い顔の男が顔を出した。熊五郎とはまったく違う顔つきの男を見た瞬間、剣一郎は無関係だと悟った。

外に出ると、裏口からまわってきた京之進がいた。

「どうでしたか」

「違う。あのふたりは関係ない」

剣一郎は確信を持って言った。

その足で、剣一郎は京之進を伴い小伝馬町に向かった。

永代橋を渡った頃にとうとう降り出して来た。牢屋敷に着いて、濡れた髪や衣服を手拭いで拭いてから、牢屋同心に頼んで熊五郎を穿鑿所に呼び出した。

開き直ったようなふてぶてしさは消え、熊五郎は小さくなって現れた。

「お貞には男がいた」

剣一郎が言うと、熊五郎は口許をひん曲げた。

「あの女《あま》、ひとをおちょくりやがって。俺の腕の中で、おまえさんがいなきゃ生きてはいけないって言っていたのに」

「おめえのほうだって遊びだったんだろう」

ふうっと、熊五郎は大きくため息をつき、

「ほんというと、お貞が俺を助け出そうとするだろうかって半信半疑だったんですよ」

と、自嘲気味に言った。

「他に、おめえを助け出そうという人間には心当たりはねえか」

「もう、ありませんよ」

「おめえを助けようとするかはともかく、おめえが捕まったってことをよく知っている人間は誰でえ」

「そりゃ、お店《たな》で働いていた奉公人は知っていたでしょうよ」

「そういやあ、おめえは自分の旦那に恨みを持っている人間を手引きしたそうだな」

「へ、へい」

「そいつをどうして知ったんだ？　吟味では、たまたま旦那に男が摑みかかっていったのを見ていたということだった。それはほんとうか」

「へえ」

「へえ、じゃねえ。どうなんだ？」

「じつは違うんで」

「よし、話してみろ」

「へえ。あの男のことは賭場でよく顔を合わせていた与助《よすけ》という男から教えてもらったんですよ」

「与助というのは何をやっている男だ？」

「どうも空き巣狙いのようでした。金だけじゃなく、茶器とか掛け軸とか、そういったものを専門にしていたようです」

「盗んだ物はどうするんだ？」

「ちゃんと買い取ってくれるところがあるんじゃねえすかえ」

質屋や古着屋など、盗品を受け取れば処罰されることになっており、換金は出来ないはずだ。すると、ひそかに盗品と承知して換金をしている場所があるのかもしれない。そう考えたとき、はたと通四丁目の古道具屋『大黒堂』を思い出した。

津久井半九郎の報告では、ときおり胡散《うさん》臭い男が品物を売りに来ているという。もっとも、そのまま持って帰っているというから『大黒堂』が盗品を換金しているとは思えないが、賊の侍が逃げ込んだ可能性もあることといい、やはりあそこには何かありそうだ。

「与助はどこに住んでいる？」

「いえ、知りやせん。いつも賭場で会っていただけですんで」

「賭場は？」

「へえ、本所南割下水《みなみわりげすい》にある御家人三田村大吉《みたむらだいきち》の屋敷です」

商人たちの暮らしが華美になる一方、旗本や御家人たちの生活は困窮してきた。そのために自暴自棄になって、生活が乱れ出した武士も多い。直参の矜持《きょうじ》を失い、不始末をしでかし士籍を剝奪されて追放されたりする輩も増えている。

三田村大吉もそういう不良御家人のひとりなのであろう。そう思ったとき、剣一郎はあることに思いが向いた。

御家人崩れの侍の中には、比較的余裕のある暮らしをしている奉行所与力に対して面白く思っていない者もいるのではないか。不浄役人と蔑《さげす》んでいた奉行所与力が自分たちよりよい暮らしをしていることに逆恨みする。そういうことは十分に考えられる。

「三田村大吉の屋敷には侍も出入りしていたか」

「へえ、何人か見掛けました」

熊五郎が答える。

「匂うな。京之進、与助の探索と、三田村大吉の屋敷を至急探るんだ」

「畏まりました」

青痣が疼く。まだはっきりわからないが、微かに手応えのようなものを感じはじめていた。そのことを青痣が教えてくれているようだった。

三

剣之助は小石川伝通院《でんづういん》の表門で待っていた。正助がお志乃の屋敷に文を届けてから一刻（二時間）近く経った。

今までは女中のおよねが橋渡しをしてくれていたが、およねからお志乃との絶縁に近いことを告げられてからは、お志乃と自由に会うことは出来なくなった。

あれから何度かお屋敷に出向いたが、門前払いを食わされたのだ。今回、思い余って正助に文を届けさせた。

「もう一度、様子を見に行って参りましょう」

正助が行きかけるのを引き止めた。

「いい。きっと出られないのだろう」

下級の御家人とはいえ、娘が奉公人の目をかすめて屋敷を抜け出すのは難しいのに違いない。ましてや、およねが目を光らせているのであろう。

「正助、帰ろう」

剣之助はすたすたと歩きはじめた。

お志乃に逢いたいという気持ちより、お志乃から葛城小平太という男のことを聞きたいという思いのほうが強かったのだ。

無頼な感じの小平太になぜか剣之助は惹《ひ》かれるものがあった。あの居合の凄さか。それもある。が、剣之助は気がついた。

何者にも束縛されない自由さだ。父剣一郎もくだけた人間だと思っているが、やはりいつも正しい姿勢を保っている。父のところに訪れる同心は父の前では平伏し、父もまた上司の与力には畏《かしこ》まって接する。

そういう父の子であるから、他の同心たちも剣之助に対しては丁寧に対応し、また屋敷を訪れる町人たちも同じだ。

それを当たり前のように生きてきたが、小平太はまったく違う人間だった。

先夜、夕餉のときに、父から見習いの話を持ち出されたとき、ことの成り行きで与力に向かないと口にしてしまったが、頭の中は小平太のことでいっぱいだったのだ。自分は格式張ったことから自由になりたいのかもしれない。小平太のように。

そのことを言うと、正助は小首を傾《かし》げた。

「私にはよくわかりません」

が、剣之助の気持ちに逆らうことはなかった。

左手に水戸家の上屋敷が続いている。安藤坂《あんどう》を下って行くと、坂を上がって来る着流しの浪人に気づいた。葛城小平太だ。

剣之助は小平太の前に立った。

「葛城さま」

剣之助は呼びかけた。

小平太が顔を上げた。

「おや、お志乃といっしょにいた小僧だな」

「小僧ではありませぬ。青柳剣之助です」

「そうだった。この前、そう名乗っておったな」

小平太はにやりと笑い、

「お志乃と会って来たのか」

と、きいた。

「いえ」

「なんだ、違うのか」

「会えませんでした」

「喧嘩でもしたか」

「違います」

「あそこの母御はなかなか厳しいおひとだからな。剣之助、おぬしの親御は何をしているのだ？」

「はい。奉行所の与力です」

「なに、与力だと？」

小平太の目が光った。

「おめえは与力の子どもか。じゃあ、お志乃の母御が許すはずはねえな」

小平太は冷笑を浮かべた。

「なぜでございますか。格式が違うと言うのですか」

「おまえたちの親はな、立場を利用して付け届けをもらって豪勢な暮らしをしている。そういうところが気にいらんのだろう」

「葛城さまも、そうお思いですか」

「そうだ。侍の矜持より金っていう連中だ」

「葛城さまはなぜご浪人になられたのですか。葛城さまこそ、武士の矜持をお持ちではないのですか」

「小僧、痛いところを衝《つ》くのう」

小平太は自嘲気味に口許を歪めた。

「俺は武士を捨てた」

「なぜ、でございますか」

「武士の矜持では食っていけんからな。そういう意味で、奉行所の連中と同じになったってわけだ」

「違います。奉行所のひとたちは江戸の治安を守るために働いております」

およねに言われて与力に対して嫌悪感を抱いた剣之助だが、小平太に対しては猛反発した。

「よそう。そなたと言い合っても仕方ない」

小平太はふうと息を吐いた。

「葛城さまはどこにお住まいなのですか」

「なぜ、知りたいのだ?」

「葛城さまにお会いしたいとき、どちらに伺《うかが》えばよいかと思いまして」

「俺なんぞに会っても仕方なかろう」

「いえ、私は葛城さまから居合を教えていただきたいと思うのです」

「居合だと?」

「この前、無頼漢どもを相手にしたときの見事な居合が目に焼きついております」

「ふん」

小平太は鼻で笑ったが、ふと真顔になり、

「おめえに居合を教えるのか。そいつも面白いか。よし、両国回向院《えこういん》裏に常磐津《ときわづ》指南の看板の出た家がある。俺はそこで厄介《やっかい》になっているんだ。いつでも訪ねて来い。じゃあな、小僧」

小平太は坂を上って行った。

「正助。すまないけど、あの侍がどこに行くのか見届けてくれないか。私はそこの牛天神の境内で待っている」

「はい」

すぐに正助はあとを追った。


剣之助は境内で正助を待った。

商家の内儀ふうの女と女中が本殿に向かう。陽が傾いてきた。

やっと正助が戻って来た。

「申し訳ございません。見失いました」

「気づかれたのか」

「はい。気づかれた様子はなかったのですが、いつのまにか姿を見失っておりました」

「見失った場所は？」

「小石川白壁町にございます。ひょっとして、あの辺りのどこぞの家に入り込んだのではないかと思いましたが、確認は出来ませんでした」

「仕方ない」

剣之助は帰途についた。

八丁堀の組屋敷に帰ると、妹のるいがそっと耳打ちした。

「母上が兄上さまを探しておりました」

「ご機嫌はどうだ？」

「さあ、わかりませぬ。母上はいつもお変わりありませぬから」

「それもそうだな」

しばらくして、母に呼ばれた。

「兄上。頑張って」

るいがいたずらっぽく笑った。

居間に、母が座っていた。

「母上。何か御用でございましょうか」

「剣之助、きょうはどこに参っていたのですか」

「はい。剣術の仲間のところに所用がありまして」

母の勘の鋭さは剣之助も十分に承知しているので、用心深く答えた。

「いつぞやの娘さんはお元気にしておりますか」

「ええ、まあ」

「お互いに身分のことではなかなか難しいことがあるでしょうね」

母は笑みをたたえてさりげなく言った。

その吸い込まれそうになる笑みにつられ、

「はい」

と、答えた。

「何があったのですか」

「えっ」

「娘さんとのことです」

「いえ、なにも」

「今言ったではありませんか。身分のことでいろいろ差し障《さわ》りが出ていると」

「私がそんなことを申したでしょうか」

「ええ」

いけないと、剣之助はあわてた。

気をつけているつもりでも、いつの間にか母に翻弄《ほんろう》されている。

「なぜ、与力を見下すのでしょうか」

剣之助は呆気にとられた。なぜ、そこまで知っているのか。

「しかし、奉行所与力はたいへんなお役目。決して、卑下する必要はありませぬ。わかりましたね」

はいと答えてから、そうか正助がべらべら喋ったのだと思った。

「剣之助」

「は、はい」

「私は自分の信念にのっとって決めたものなら応援もしますが、他人から何か言われたからといってすぐ動揺するのは感心しませぬ。わかりましたね」

「……はい」

「もう、いいですよ」

「はあ、失礼いたします」

剣之助は部屋を出てからふっとため息をついた。

裏庭に出て、正助を探した。

すぐに正助が飛んで来た。

「正助。母に何を話した?」

「えっ」

「いや、怒っているのではない。母に訊《たず》ねられればおまえとしても答えざるをえないことはわかっている。ただ、どのように話したかを知りたいだけだ」

「いいえ。私は何も話しておりませぬ。第一、奥様からは何も訊ねられておりませぬ」

「なに」

改めて、剣之助は母の勘の鋭さに舌を巻く思いがした。

しかし、さすがの母も剣之助の心の底までは見抜けないはずだ。葛城小平太の存在など、想像すらしていないはずだ。

四

田圃《たんぼ》の向こうに夕陽が落ちて行く。きょうも虚しく一日が過ぎようとしている。おらくにせがまれるままにまたもずるずると日を重ねてしまった。木の根っこに腰を下ろし、伊助は茫然と夕焼け空を眺めていた。

今、牢獄で親方は俺の帰りを信じて待っているのだ。それを思うと、胸が抉《えぐ》られそうになる。だが、俺が自首して出れば、おらくは死を選ぶだろう。俺より他に、おらくはもう頼る術《すべ》を知らないのだ。

俺はどうしたらいいんだ。お新、教えてくれ。伊助は亡くなった元の女房に問いかけていた。

が、どうするかは自明の理だ。伊助の選ぶ道は一つしかない。約束を守り、名乗って出ることだ。親方に女房や子どもがいる。家族全員を不幸にしちまう。だが、おらくはひとりだ。

そうじゃねえ。そんなひとの数の勘定の問題で片づくものではない。それに、俺だって死罪にはなりたくねえ。生きていてえ。

だが、このまま逃れて生きていてもきっと生涯苦しむことになるだろう。そのことはわかりきっている。それでほんとうのしあわせが摑めるか。

きょうもまた堂々巡りの迷いの中で苦しんでいた。最近は夕方になると、ここに来て沈む夕陽を眺めていた。

背後に足音がした。振り向かなくともわかる。おらくだ。

「おまえさん、ここにいたんだね」

「ああ」

「きのうもここにいたね」

「うむ。夕焼けを見ていると落ち着くんだ。子どもの頃が思い出されるぜ」

おらくが横に来て腰を下ろした。

「なんだか悲しい色だね」

おらくが寂しそうに呟く。

「伊助さん。あたしのことなんか考えず、好きにしておくれ」

いきなり、おらくが言った。

「何を言い出すんだ？」

伊助は振り返った。

「これ以上、伊助さんの苦しんでいる姿なんか見たくないよ。このままじゃ、伊助さんもあたしもだめになっちまう」

「おらく」

伊助はやりきれずに唇を噛んだ。

「あたしもよく考えたのさ。伊助さんを信じている親方を見殺しにして、あたしたちがうまくいくわけはない。親方には内儀さんや子どももいるんだろう」

「俺がいけねえんだ。おめえを引きずり込んでしまった。俺に出会わず、あのまま八王子にいたら、おめえはこんな苦しみに遭わずに済んだんだ。すまねえ、おらく」

「何を言うんだい。ほんの短い期間だったけど、わたしはしあわせだったよ。伊助さんに出会えてほんとうによかった」

「俺がいなくなったあと、おめえはどうするんだ？」

伊助はおらくの肩を摑んできいた。

「そんな心配はいらないよ。いい男をすぐに見つけるさ」

そう言ったものの、おらくの目に涙があふれた。

「もう男なんてこりごりさ。伊助さんのお墓を守っていく」

「おらく」

伊助はおらくを抱きしめた。

夕焼けも消えていった。

「とんだ愁嘆場だぜ」

ふいに声がして、伊助とおらくはびくっとして立ち上がった。

声のしたほうを見ると、薄闇の中に、三角の笠をかぶって尻端折りした男が立っていた。

「誰でえ」

岡っ引きかと思ったが、笠をかぶった姿が岡っ引きには思えない。

「誰でもいい。伊助。探したぜ」

「なんだと。俺を伊助と知ってのことか」

「そうさ。八王子に駆けつけてみりゃ一足違い。とんだ手間をとらせてくれたな」

男が懐から匕首《あいくち》を抜いた。

「なぜだ？」

伊助はおらくをかばいながら後退《あとずさ》った。

「わざわざ奉行所に行くことはねえ。どうせ死ぬんだ。ここで、ふたりで仲良く死んでいくほうがおめえたちのためだ」

なぜ、襲われるのか。この男が何者なのか。伊助には皆目見当もつかなかった。

男は指先で匕首をくるりと持ち直した。その鮮やかな手並みに、伊助は身が竦《すく》んだ。

「じゃあ、どっちからやるか。まず、伊助だな」

男は鋭い切っ先を伊助に向けた。

「あたしを先にやりな」

おらくが伊助の前に出た。

「伊助さんは奉行所に行かなくちゃならないんだ。このあたしをおやり」

「おらく。よせ」

「元気のいい女だぜ。どうせ、ふたりとも死んでもらうんだ。どっちが先だって俺は構わねえ」

男が含み笑いをして匕首をかざした。

「おらく、逃げるんだ」

伊助はおらくの体を引いた。

「伊助さんこそ逃げて」

「ふたりとも、すぐ楽にしてやるぜ」

男が匕首をひょいと前に突き出した。切っ先が伊助の鼻先三寸を襲った。まるで、いたぶるように、男はまたもひょいと匕首を突き出した。

後退った拍子に石が踵《かかと》に当たり、伊助はよろけた。あっと、おらくも体を崩し、ふたりとも尻餅をついた。

「遊びはここまでだ。じゃあ、行くぜ」

男が迫った。伊助は気がつくと石を摑んでいた。男の顔目掛けて投げつけた。命中したのか、男は悲鳴を上げてよろけた。

「逃げろ」

素早く立ち上がり、伊助はおらくの手をとって母屋に向かって駆け出した。

「火事よ。誰か、助けて。人殺し」

おらくは走りながら叫んだ。

母屋からひとが飛び出して来た。

「ちっ」

男はさっと夜陰に紛れた。

「どうしなすった?」

百姓家の主人と伜《せがれ》がやって来た。伜は大柄な体格の男だ。

「何者かに襲われました」

「なんだって」

「申し訳ありません。今夜、土間でも構いません。母屋で休ませていただけませんか。明日の朝、ここを出て行きますから」

おらくが離れから金を持って来て、礼だと言って伜に渡した。一瞬、迷っていたようだが、承知してくれた。

その夜、伊助とおらくは土間の隅で休んだ。戸締りを頑丈にしたので心配ないと、伜が言った。

いったい、あ奴は何者なのか。なぜ、俺を殺そうとしたのか。俺の名前を知っていたのだから、人違いではない。

俺が殺されたら英五郎親方はそのまま処罰を受けるであろう。あの男はそれが狙いなのか。いや、それもおかしいと、伊助は眠れずに何度も寝返りを打った。

おらくも眠れないようだ。泣いているのかもしれない。明日になれば、ふたりは永遠の別れをしなければならないのだ。

朝になった。ひとりで出立するという伊助に、おらくがいっしょに行くとしがみついてきた。

「伊助さんがお奉行所に入るのを見届ける。そうじゃないと気持ちの踏ん切りがつかないもの」

おらくは泣きながら訴えた。

「わかった。いっしょに行こう」

伊助は英五郎におらくのことを頼もうと思った。それが、俺に出来る精一杯のことだ。

ふたりは巣鴨村を出立した。どこでゆうべの賊が待ち伏せしているかしれず、人通りの多い道を行った。

尾行されていないか何度も振り向いたが、その気配はなかった。日暮里《にっぽり》に向かい、団子《だんご》坂を過ぎると人通りが絶え、寂しい道になった。

ひぇと、おらくが声にならない悲鳴を上げた。前方に三角の笠をかぶった男が立っていた。

やはり尾行されていたのか。

「ゆうべはどじを踏んだが、きょうこそ命はもらったぜ」

男は匕首を抜いた。

「ちくしょう。死ぬわけにはいかねえんだ」

男はまたも指先で匕首をまわし、握り直した。

おらくが伊助をかばうように立ちはだかった。

「あたしがあいつを摑まえておくから、その間に逃げて」

「そんなことは出来ねえ」

「伊助さんには大事な役目があるんじゃないか」

おらくは叫んだ。

男の匕首を体で受けたらそのまま相手の腕にしがみついて離れまいとするつもりなのだ。身を捨てて、俺を逃がそうとしている。

「伊助さん。そのまま御番所まで駆けておくれ」

しかし、伊助の足が動かなかった。おらくが殺されるのを見捨てて逃げるわけにはいかない。

「おらく。敵《かな》わねえまでも、こいつと闘う」

伊助は身構えた。

「いい度胸だ」

男は笠の内で笑った。

「じゃあ、いくぜ」

男がひょいと匕首を突き出した。

遠くにあると思った切っ先が目の前をかすめた。続いて、胸を襲って来た。あわてて、後ろに倒れてよけた。

「伊助、覚悟しやがれ」

腰を落とし、男が匕首をふりかざした。

「ええい」

おらくが男にしがみついていった。男が振り払うと、おらくは吹っ飛び、地べたに叩きつけられた。

その間に立ち上がったものの、男の匕首は生き物のように伊助の胸を襲い、何とか飛び退いてよけたが、もう限界だった。

「行くぜ、伊助」

匕首を腰の脇に構え、男が伊助に向かって突っかかってきた。

観念し、伊助は目を閉じた。一瞬、親方の顔が過った。

そのとき、風を切る音がして、何かがぶつかる音がした。目を開けると、男があらぬほうを睨み付けていた。

「誰だ」

男が叫んだ。

やっと事態が呑み込めた。顔に目掛けて飛んできた石を、男が匕首で打ち払ったのだ。

さらに第二の投石が飛んで来て、男は身を翻してよけた。

伊助の前に二十四、五の整った顔の男が飛び出して来た。

「伊助さん、迎えに来たぜ。英五郎親方が待っていなさる」

「おまえさんは？」

伊助は夢中できいた。

「ここは俺に任せて。いいですかえ、奉行所より、まず八丁堀の与力青柳剣一郎さまのお屋敷に」

「青痣与力の？」

伊助は青柳剣一郎を何度か見かけたことがある。

「そうだ。決して悪いようにはしない」

「あなたは？」

「文七だ。さあ、早く」

男が匕首をかざして文七に襲い掛かった。

文七は身をかわし、男の腕を掴んだ。

「早く、行くんだ」

文七の声に、伊助はおらくの手を引っ張って駆け出した。背後で、もみあうふたりのうめき声を聞き、目指すは青痣与力の家だと、伊助とおらくは懸命に走った。

五

両国回向院裏にやって来た。通りがかりの法被姿の職人にきいて、常磐津指南の師匠の家がすぐわかった。

格子造りの洒落《しゃれ》た家だった。まず、正助が格子戸を開け、中に向かって声をかけた。

「誰だい」

障子の向こうから女の気だるそうな声が聞こえた。

「私は青柳剣之助と申します。こちらに葛城小平太さまがいらっしゃるとお聞きして参りました」

「なに、剣之助か。おい、上がって来い」

小平太の声が返って来た。

外に出ていますという正助を残し、剣之助は剣を鞘ごと抜いて上がった。

障子を開けて、剣之助はあっと声を上げた。

長火鉢の前に小平太が座り、年増のあだっぽい女が小平太にしなだれかかっている。小平太の手が女の胸元に入っている。女の裾は乱れ、白い脚が覗《のぞ》いていた。

「あの、出直します」

顔が熱くなった。あわてて引き上げようとすると、

「剣之助。構うことはない。そこに座れ」

と、声がかかった。

「いえ」

後ろ向きのまま、剣之助は答えた。動悸が鎮《しず》まらない。

「うぶだね。兄さん」

「おまえ、じゃあ、離れろ」

「あいよ」

「いいぞ。さあ、顔を向けろ」

おそるおそる剣之助は体の向きを変えた。

「そこに座れ」

「はい」

剣之助は長火鉢をはさんで小平太と向き合った。

小平太のはだけた胸はたくましく筋肉が引き締まっていた。

女が剣之助にお茶を持って来てくれた。乳房をわざと見せつけるように胸元を開けたまま、女が剣之助の前ににじり寄った。鬢《びん》付け油や白粉の匂いに頭がくらくらした。

「いい男だね」

女の息が耳たぶにかかり、剣之助は真っ赤になった。女の大きな唇が卑猥なものに思えた。

「剣之助。おまえはまだ女を知らねえのか」

剣之助は頷いた。

「じゃあ、あのお志乃の手も握ってねえんだな」

「まだ十四歳ですから」

「俺なんか十四歳のときには女を買いに行ったぜ。よし、今度、女を買いに連れて行ってやろう」

女の眦《まなじり》がつり上がった。

「こいつに女を教えてやるだけだ」

「ふん。なんだかんだと言って、他にも女がいるんじゃないのかえ。最近金回りがいいじゃないか。その金で、他に女を」

今度は女が嫉妬《しっと》に狂ったように小平太の傍《そば》に行って、小平太の胸を駄々っ子のように殴り出した。

「わかった、わかった」

いきなり、小平太の手が女の裾を割った。あっけにとられていると、女が喘ぎ声を出した。剣之助は生唾を呑み込み、

「帰ります」

と言って、立ち上がった。

「剣之助、外で待っていろ。すぐ行くから」

その声を背中に聞いて、剣之助は格子戸を開けて外に飛び出した。

火照《ほて》った顔に風が当たった。

「どうなさいましたか」

正助が剣之助の顔を覗き込んだ。

「なんでもない」

剣之助は怒ったように言った。


陽が傾いてきて、ようやく小平太が出てきた。

「行こう」

小平太はさっさと歩き出す。

「いいのですか」

家を振り向いてきく。

「いいんだ。さあ、行くぞ」

「行くってどこへですか」

「決まっているだろう。おめえを男にしてやるのだ」

「えっ」

「吉原は面倒でいけねえ。常磐町に面白い店がある」

「待ってください。私はそんなつもりで待っていたんじゃありません」

「金のことなら心配するな」

「そうではありません」

「悪所に足を踏み入れたら、親に叱《しか》られるか。そんなもの、黙っていればわかりはしない。お志乃とうまくつきあって行きたいのなら、女のことを知っておくべきだ」

剣之助はあわてて小平太を追った。

「私は葛城さまから居合を教えていただきたいと思ったのです」

「そんなものは、いつだって教えてやる。おめえが一人前の男になるためにも女を知らなきゃならねえ。きょうは女だ」

「でも、供の者もいっしょですし」

少し離れて、心配そうな顔でついてくる正助のことを話した。

「あの者もいっしょに面倒をみてやる」

いともあっさり小平太は言う。なんと無茶なひとだろうと思った。

堅川にかかる二ツ目之橋を渡る。常磐町は小名木《おなぎ》川の近くだ。

剣之助はだんだん動悸が激しくなってきた。常磐町には娼家が数軒あって、子供屋から娼妓を呼ぶのだという。

常磐津の師匠の白い肌が蘇って息苦しくなった。喉がからからだ。しかし、その一方で、未知の世界に足を踏み入れることに興奮を覚えていた。

ふと、お志乃の顔が浮かんだのを剣之助は頭から振り払った。

小平太の足が止まった。

「剣之助、どうやらつけられていたようだ」

「えっ」

前方から遊び人ふうの男が三人、振り向くと、浪人者がふたり近づいて来た。

「この前の連中だ」

髭面の浪人を見て、あっと思い出した。

「この前の礼をさせてもらう。ついて来てもらおうか」

小平太の前に立ち、髭面の浪人が殺気立った顔つきで言った。

「よかろう」

小平太が答えてから、

「剣之助。どうやら、きょうは予定を変えざるを得なくなった。女のところは今度にしよう。おまえはここから引き上げろ」

「いえ、私も」

「だめだ。こいつらはこの前のことを根に持って、ずっと俺を探していたものと思える。俺だけが目当てだ。怪我をしちゃつまらねえ。先に帰りな」

いつの間にか、遊び人ふうの男が五人になり、浪人者も三人になっていた。

小平太は冷笑を浮かべ、

「さあ、どこへでも行こうではないか」

と言い、無頼漢どもに囲まれて小名木川のほうに向かった。

正助が傍にやって来た。

「剣之助さま。帰りましょう」

「帰れるわけがない」

剣之助はこっそりとあとをつけた。

小平太の腕では心配ないと思うが、髭面の浪人はふたりの浪人を助っ人にしている。ふたりとも大柄で獰猛な感じだ。

居合は鞘のうちが勝負だと、父が言っていた。鞘から剣を抜かしてしまえば、恐れることはないと。

髭面の浪人もそのことを見抜いて助っ人を連れて来たのではないか。

屋根と屋根の間から射していた陽光も消えて、黄昏時《たそがれ》を迎えようとしていた。

小平太たちは小名木川にかかる高橋《たかばし》を渡り、霊巌寺《れいがん》裏の雑木林に入って行った。

遅れて、剣之助も薄暗い雑木林に足を踏み入れた。

樹木の陰から目を凝らすと、小平太が三人の浪人と対峙しているのがわかった。それを遠巻きに無頼漢どもが見ている。浪人たちは剣を抜いていたが、小平太の剣は鞘に収まったままだ。

剣之助は息を凝らして見守る。

正面に立った髭面の浪人の剣が動いた。と、同時に小平太の両脇にいた浪人が斬りかかった。

小平太がいつ剣を抜き、いつ鞘に収めたのか、剣之助にはわからなかった。勝負は一瞬にしてつき、浪人たちは崩れるように倒れた。

小平太はゆっくり雑木林を出て行く。無頼漢たちは為す術もなく、小平太を見送っていた。

「まさか……」

剣之助の声が震えた。

二人目の犠牲となった宮島平六郎を斬ったあとに、父に襲い掛かった賊と小平太の姿が重なったのだ。

そんなはずはない。違う。絶対に違う。剣之助は心の内で叫んでいた。

六

その夜、剣一郎が帰宅すると、文七が待っていた。

「伊助が襲われました」

「なに、襲われた?」

なぜだと、剣一郎は思った。

「なぜ、伊助の命を狙うのだ」

「わけがわかりません。危ういところにあっしが出くわしましたが、敵は本気で殺そうとしていました。あっしともみあっている間に、伊助たちが逃げ去ったのを見て、すぐ手を引いて逃げ出しました」

「伊助だけに的を絞っているんだな」

「そうです。相当に喧嘩馴れのした無頼漢ですが、頭も働く奴です」

「敵の手掛かりはないのか」

「残念ながら」

「で、伊助は?」

「青柳さまのお屋敷に駆け込めと伝えたのですが……」

「伊助はまだやって来ないな。どこぞに潜んでいるのか」

剣一郎は多恵をはじめ、奉公人一同に、伊助がやって来たら保護をするように言い渡した。

文七は休む間もなく、伊助を探しに出かけた。

剣一郎は庭の躑躅《つつじ》を見ながら、伊助を狙う男のことを考えた。

伊助が狙われるとしたら長崎屋に押し入った件しか考えられない。伊助は長崎屋に押し入り、金を盗み、逃げる途中で番頭を殺した。まさか、番頭の身内が復讐のために殺し屋を雇ったというわけでもあるまい。

それとも、伊助は長崎屋で何かを見たのではないか。

ふと英五郎の言葉が蘇った。番頭を刺したという件だ。伊助の最初の話では、誤って刺したということで、伊助自身も死ぬとは思っていなかったようだ。だが、現実には死んでいた。

あの番頭が死んだことに謎があるのか。

若党の勘助が飛んで来て、定町廻りの大井武八がやって来たことを告げた。

「よし、ここへ通せ」

庭から大井武八がやって来た。

「青柳さま。困ったことになりました」

いきなり、大井武八が切り出した。

「何があったのだ？」

「空き巣狙いの与助が見つかったのですが、与助に火盗改めの手先が張りついていました」

「なに、火盗改めだと?」

町奉行所は江戸市民の治安を守り、暮らしを守るのが目的であり、犯罪捜査にしてもまず市民の暮らしを守るということが優先される。したがって、怪しい人間でもはっきりした証拠がなければ簡単に捕縛は出来ない。

一方、火付盗賊改方は放火、盗賊、博打について探索し、犯人を検挙するのが目的である。火盗改めは犯人の検挙が目的であるから、怪しいと思えばどこまでも追いかけ、捕まえる。比較的閑職である御手先組の旗本の中から役を当てられている。

その火盗改めが与助に張りついているという。

「与助はある盗賊団の一味らしく、与助を尾行して盗賊の頭目の隠れ家を見つけ出そうとしているそうです。ですから、町奉行所の者が勝手に与助に接触してもらっては困ると難癖をつけられました」

大井武八は憤慨した。

「そうか。よし、俺が話をつけよう。火盗改めの誰だ?」

剣一郎は場合によっては火盗改めと喧嘩も辞さない覚悟で言った。

「はあ。筧供十郎《かけいともじゅうろう》どのという与力です」

「わかった、では、筧供十郎どのに、俺が会いたいと伝えてくれないか。明日、場所は任せると」

「はっ、畏まりました」

大井武八が行きかけたのを、剣一郎が呼び止めた。

「長崎屋の件でちとききたい」

「長崎屋？　指物師英五郎の事件ですか」

「そうだ。殺された番頭はどこを刺されたのだ？」

「腹を三度ほど刺されておりました」

「三度？」

「はい。突き刺し、一度抜いてさらに刺した。そういう傷でございました」

「傷は深かったのか」

「はい。内臓を引き裂いておりました」

「妙だな」

「はっ、何がでございますか」

「英五郎が伊助から聞いた話では何度も刺したという感じではなかった」

「伊助が嘘をついているか、あるいは夢中だったので自分でも気がついていない可能性もあります」

大井武八が反論した。

「しかし、伊助は刃物を番頭に奪われたのだ。死ぬほどの傷を負わせたのなら相手にもはや刃物を奪う力はなかったのではないか」

大井武八が詰まった。

「じつはな、伊助が何者かに襲われている。わけはわからない。が、その番頭の死んだことと関係があるのかもしれない」

剣一郎は考えてから、

「それから、事件直後、長崎屋の内儀は犯人を英五郎だとすぐに証言したのか」

「いえ。英五郎をしょっぴいたあとに大番屋で英五郎の二の腕の黒子を見て思い出したのでございます」

「黒子の件が、それまで口には出なかったのだな」

「はい」

「その他に、長崎屋の事件では何か不可解な点はなかったか」

大井武八がふと表情を変えた。

「そういえば、ちと気がかりなことがございました」

「なんだ?」

「賊の侵入場所がはっきりわかりませんでした」

「忍び込んだ場所だと?」

「はい。賊は裏の潜り戸から逃走しましたが、どこから忍び込んだのか、その点がはっきりしませんでした。潜り戸はしっかり戸締りがしてあり、塀をよじ登った形跡もありませんでした」

「そのことはそのままになっているのだな」

「はい。賊を捕まえてから解明すればよいと思いまして」

「よし、わかった。では、筧供十郎どのに連絡を頼む」

大井武八が引き上げて行った。


翌日、剣一郎は年番方与力の宇野清左衛門と公用人の長谷川四郎兵衛に火盗改めと交渉することの承諾を得た。

万が一交渉がこじれ、町奉行所と火盗改めの間にまた確執が生じるようになった場合に備えてのことだ。

長谷川四郎兵衛は事を荒立てるなと言ったが、与力殺しの重要な鍵を与助なる者が握っているという剣一郎の言葉に渋々承知した。それでも、正式に奉行所から申し入れするのではなく、交渉は剣一郎個人の勝手な行動ということにされた。

ようするに、何かあった場合には責任を剣一郎ひとりに押しつけるという魂胆だ。このことに憤慨し、宇野清左衛門は奉行所から書面で申し入れると言ってくれたが、剣一郎は断った。ことを大袈裟にするより、筧供十郎という与力と個人的に話し合うほうがよいと判断したのだ。というより、すでに筧供十郎と会う算段をとりつけてあった。

大井武八からの使いが来て、筧供十郎と話がついたと報せてきた。場所は小名木川にかかる高橋の近くにある『みよし屋』という小料理屋。時刻は暮六つ。

承知したという返事を使いに与えて、剣一郎は奉行所を出た。

行き先は小石川白壁町にある長崎屋だ。

安藤坂を上って、やがて小石川白壁町にやって来た。

長崎屋は小ぢんまりとした商家だ。唐物屋ということで舶来の品を商っている。店先には派手な色彩の陶器や時計、虫眼鏡などが並んでいた。

剣一郎は番頭ふうの男に身分を名乗り、主人への取り次ぎを頼んだ。殺された番頭の後釜の番頭かもしれない。

その男が戻って来て、剣一郎を奥に案内した。通されたのは庭の見える客間だ。

すぐに主人が現れた。

「惣右衛門にございます」

顔の肌艶のよい五十年配の男で、穏やかながら威厳に満ちた風貌だ。

「突然、お邪魔いたして申し訳ない。じつはちと事件のことで訊ねたいことがあってな」

「はて、今頃、どんなことでしょうか」

そこに年増の女が茶を運んで来た。惣右衛門とはだいぶ歳の差があるようだ。美しい顔だちだが、気が強そうだ。

「家内のおまきでございます」

おまきが丁寧に挨拶をした。

「ちょうどいい。内儀さんにもおききしたいことがあるのだ」

「はあ」

おまきは微かに細い眉を寄せた。

「賊が忍び入った日だが、ご亭主は留守だったとか」

「はい。私は商用で出かけておりました。翌日の朝、報せを聞いて駆け戻ったのでございます」

「内儀さんだけだったのか」

「はい、物音がするので居間に入ってみると、頰っ被りをした男がいるじゃございませんか。驚いて大声を張り上げたのでございます。賊はあわてて庭に逃げました」

「そこに番頭がやって来たというわけか」

「はい、すると賊がいきなり番頭さんに刃物を突き出したのでございます。ふたりはもみあいになっておりましたが、そのうちに番頭さんがうめき声を上げて倒れました」

「そのとき、それを見ていたのは内儀さんの他に誰かいたのか」

「いいえ、わたしだけでございます」

「番頭が何度刺されたか、見ていたか」

「いえ、恐ろしかったので見ていません。ただ、賊が離れたあと、番頭さんのお腹に刃物が刺さっておりました。私は駆け寄って刃物を抜こうとしたのですが、血がべっとりとついて抜くことが出来ませんでした」

冷静に話すことが出来るのは、事件からだいぶ日にちが経っているからだろう。

だが、内儀の話が事実だとすると、伊助が番頭を何度か刺したということになる。また、内儀が嘘をついているとしたら伊助以外の人間が番頭をあとから刺したということになるが、番頭を殺さねばならない理由があったのだろうか。

「殺された番頭というのはどんなひとだったのだな」

「仕事も出来、私の右腕とも頼む男でした。残念でなりませぬ」

そう言って、惣右衛門は内儀をちらりと見た。

内儀は微かに目を背けたようだ。この内儀には亭主に対して臆するものがあるように思えた。

「内儀さんは、番頭をどのように思っていたのかな」

「それはもう、仕事の出来る頼りになる番頭さんだと思っておりました」

最前の動揺など嘘であったかのように、内儀は平然と答えた。

惣右衛門と内儀の間に何かしら目に見えぬ確執があるようにも思えた。

「賊はどこから侵入したのであろうか」

剣一郎は話を進めた。

「さあ、それがいっこうにわかりませぬ。裏の潜り戸はちゃんと閂《かんぬき》をかけていたと奉公人が言っております。そうなると、塀を越えてきたとしか思えませんが。のう」

そう言って、惣右衛門は内儀に問いかけた。その言い方にも、意味ありげに思えた。

「ええ、そうでございます。塀を乗り越えてきたのでありましょう」

妙だ。この内儀は何かを隠している。そのことに惣右衛門も疑いを抱いているようにも思える。

「それから、盗人が指物師の英五郎だとどうしてわかったのだ？」

「大番屋に行ったとき、英五郎の二の腕を見た瞬間、事件の夜のことを思い出したんです。番頭さんと争っているとき、盗人の二の腕が見えたのです」

内儀が平然と言う。

「今行方不明になっている伊助という弟子を探しておる。伊助が現れれば明らかになることと」

わざとそう言い、剣一郎は内儀の反応を窺った。微かに、内儀の口辺に冷笑のようなものが浮かんだのを見逃さなかった。

伊助に差し向けられた殺し屋を雇ったのはこの内儀であろうか。しかし、だとしてもそのわけがわからない。また、惣右衛門がどこまで絡んでいるのか。

「邪魔をいたした」

剣一郎は長崎屋を辞去した。

途中、寺の境内に藤が咲き始めていた。そろそろ、ひと月が経とうとしている。

剣一郎は奉行所に戻り、留守中の報告を聞いた。

特に大きな動きはない。役宅からの連絡もないのはまだ伊助が現れていないのだ。いったい、伊助は何をしているのか。

文七が伊助を助けたのは本郷の団子坂の近くだというからもうとっくに現れていいはずだ。

冷笑を浮かべた長崎屋の内儀の顔が過った。まさか、と思った。伊助に差し向けられた殺し屋はひとりだけではなかったのかもしれない。

文七は気づかなかったが、団子坂から伊助のあとをつけていた者がいたのではないか。

夕方になって剣一郎は奉行所を出た。書き役同心に何かあったら組屋敷まで連絡を寄越すように言い置いた。

屋敷に戻って、多恵に訊ねた。

「伊助は、まだ現れぬか」

「まだでございます」

剣一郎は落胆した。

（伊助、いったい何をしておるのだ）

剣一郎は心の内で叫んだ。

すぐに気を取り直し、着流しに落とし差し、それに深編笠をかぶって屋敷を出た。

ついてこようとする勘助に、

「伊助を待て。俺はあとから本所南割下水に向かう。もし、伊助が現れたら三田村大吉の屋敷を張り込んでいる者に伝言を頼んでおいてくれ」

と命じ、船で火盗改方与力筧供十郎との約束の場所に向かった。

大川を突っ切り、万年橋を潜って小名木川を行く。陽が傾き、空は蒼くなっていた。その蒼い空に伊助や英五郎の顔が交互に浮かび、やがて死んだ原金之助や宮島平六郎の顔に変わり、最後に光岡征二郎の顔になった。

船着場について、剣一郎は岸に上がった。

高橋の近くに軒行灯の明かり。そこに『みよし屋』とあった。

笠をとり、剣一郎は戸障子を開いた。

小肥りの女が、いらっしゃいまし、と元気のいい声を上げた。

「筧供十郎どのはいらっしゃっているか」

「はい。お二階でお待ちでございます」

刀を鞘ごと抜き、右手に持ち直して、剣一郎は女のあとについて梯子《はしご》段を上がった。

「お見えでございます」

そう言って、女は障子を開けた。

顔のごつい男が酒を呑んでいた。四十前か。

「これはこれは、はじめまして。寛供十郎でござる」

猪口《ちょこ》を置いて、寛供十郎は居住まいを正して言った。

「青柳剣一郎でござる」

「いや、青痣与力のご尊名は承っております。さあ、お楽に」

寛供十郎は再び姿勢を崩した。

「早く来過ぎましてな。失礼かと思いましたがお先にやっておりました。ここは私がよく使うところでしてね。さあ、まずは一献」

見掛けによらず、どこか軽薄そうなところがある。が、それはこの男の計算のように思えた。さすが、火盗改めの与力だけあって油断は出来ない。

「かたじけない」

猪口を摑むと、寛供十郎が酌をしてくれた。

そして、手を叩き、女中を呼ぼうとしたのを制し、

「寛どの。まず用件をすましたい」

と、申し入れた。

「おう、そうであったのう」

瞬間、筧供十郎の目が光ったのを見逃さなかった。

「与助のことだな」

言葉づかいも変わった。

「さようでござる」

「あの男はな、我々がかねてより目をつけていた者だ。だから、勝手な真似をされても困る」

「しかし、我らにとっても必要な人間」

供十郎は上目遣いに睨んだ。

「あの男は残虐な盗賊団とつながっているのだ。我らはその頭目のむささびの千蔵《せんぞう》を捕まえんがために、奴を泳がしておるのだ。奴は大事な囮《おとり》。よけいな真似をされるのは迷惑」

「いつまで泳がしておくのですか。与助が動く目安は？」

「わからん。十日か二十日か、それ以上か」

「そんなに私のほうは待てませんな」

剣一郎はあえて強気に出た。

なんだ、というふうに供十郎が顔を強張らせた。

「与助がそっちの何に絡んでいるのだ?」

口調が荒くなった。

「ご承知かと思いますが、南町奉行所の与力が三人殺されました。敵の要求は熊五郎なる囚人をお解き放ちせよとのこと。だが、これは敵の目晦ましではないかと睨んでいます。が、その名を出したからには熊五郎と接触したことのある者。その者こそ、与助」

「なるほど。だが、与助に狙いをつけたのはこっちのほうが早い」

「しかし、そちらは物になるかどうかはわからないのではないのですか」

「いや、ちゃんとした当たりをつけてのことだ」

「じつは与力殺しはお奉行失脚の狙いがあるやもしれず、当奉行所としても与助のことから簡単には手が引けないのです」

「火盗改めと喧嘩になっても、ということかね」

供十郎は目を陰険に細めた。

「やむを得ますまい。お奉行の失脚となるのなら、そちらのお頭を道連れということも覚悟にいれております」

寛供十郎の顔色が変わった。

「さすが、青痣与力だ。火盗改めを威《おど》すとはな」

「いや、威しではござらん。覚悟を示したまでです」

「同じこと。だが、与助は今はむささびの千蔵の一味だ。そんなお奉行失脚を図るような仲間になっているはずはない。そうだとしたら、我々も気がつくはずだ」

「熊五郎の話では、与助は金だけでなく品物を盗むとか」

「もともと奴は空き巣狙いが専門だった。寺や寮の茶室などに忍び込み、仏像や茶器などを盗んでいた。ところが、いつのまにかむささびの千蔵の一味に加わったというわけだ」

　ふと、剣一郎はあることが閃《ひらめ》いた。

「むささびの千蔵は金だけを盗んでおるのですか」

「そうだ」

　しかし、忍び込んだ先に象牙《ぞうげ》や珊瑚《さんご》などの高価な品物があっても、それらに見向きもしないのであろうか。

　剣一郎は膝を進めた。

「与助が盗品をどこで金に換えていたのか、ご存じですか」

「どこぞに盗品買いの元締めがいるようだが、我らはそっちのほうに興味はない。それこそ、おぬしたちの役目」

　供十郎は突き放すように言った。

「与助に変わった動きはあるのですか」

「奴はずいぶん用心深い。常磐町の娼家に行くか、賭場に行くか」

「賭場とは、本所南割下水の御家人三田村大吉の屋敷でござるか」

「うむ。そうだ」

「あとは？　昼間は出歩きませんか」

「そうだな、何度か通四丁目にある古道具屋に顔を出しているな。何のために行くのかわからんが」

「大黒堂ですね」

供十郎の目が光った。

「あそこに何かあるのか」

「いえ、まだわかりません。ただ、あそこに人相のよくない男が客として出入りしているとのこと」

盗品の換金場所ではないか。あのような小さな店ではそんなことは出来そうにもないが、与助が出入りしていることで何か匂う。

しかし、与助が出入りしているとすれば、大黒堂の人間は熊五郎のことを知ることは出来る。

そこまでわかれば、もう与助に用はない。

「筧どの。わかりました。与助から手を引きましょう」

「ほう、なぜ急に？」

「火盗改めの方々といがみあっても仕方ありません。悪人どもを利するだけですから。それに、むささびの千蔵を捕らえることは江戸市民にとってもよいこと」

そう言って、剣一郎は猪口を口に運んだ。

「では、私はこれで」

「ちょっと待て。ここの勘定は？」

「筧どのが呑み食いされていたのでしょう。それに、私のほうが譲歩したのですから。私はあなたに言い負かされて何の成果もなくすごすごと引き上げるのです。それとも、与助のことを我らに任せてくれると仰るのですか」

「ちっ、もういい」

「では、ごめん」

剣一郎は部屋を出かけて、

「そうそう、与助がなぜむささびの千蔵の一味に加わったのか、おわかりでしょうか」

「いや。そのことは不明だ」

「そうですか。私が思うに、むささびの千蔵は盗品を売りさばく相手を探していて与助に目をつけたのではありますまいか」

「盗品だと？」

「千蔵とて、金ばかりでなく、高価な象牙や珊瑚の品物、あるいは掛け軸とか茶器などを盗んだやもしれません。それらの換金に与助を使った。そのことがきっかけではありますまいか。いや、これは私の勝手な推測に過ぎません。では、失礼しました」

「青痣与力。負けたよ。いずれ、ゆっくり酒でも呑もう」

「喜んで」

剣一郎は小料理屋を出た。

すっかり夜になっていた。伊助は現れたか。気になりながら、本所南割下水に向かって足を早めた。夜風が背中を押す。

小料理屋を出たときから気づいていたが、北森下町《もりした》に差しかかったとき、やはりつけられていることを確信した。相手は剣一郎の歩調に合わせている。

弥勒寺《みろく》の前に差しかかったとき、ふと背後から微かに地を擦《す》る足音を聞いた。風が気配を教えてくれたのだ。剣一郎は編笠の顎の紐を解き、鯉口を切った。

殺気が背後に迫る。居合の侍に違いない。間合いを測り、振り向きざまに剣を抜いた。

深編笠を被った侍が居合の構えで立っていた。

「出たな、殺人鬼。奉行所与力と知ってのことか」

笠をとり、剣一郎は正眼に構えた。

相手は腰を落とし、刀の柄に手をかけた。剣一郎は切っ先を相手の喉に向けた。そのまま、対峙する。

「なぜ、奉行所与力を狙う」

剣一郎は問い質す。しかし、相手から返事はない。

じりじりと間合いが詰まる。剣一郎は精神を統一させた。間合いに入ったとき、こっちの呼吸の乱れや微かな動きをとらえて居合抜きでかかってくるのだ。

相手の足の動きが止まった。間合いに入った。剣一郎は足を踏み込むと見せかけ、背後に飛び退いた。

気合もろとも相手の剣が一閃した。凄まじい剣筋は月光を裂き、風を斬った。気がつくと剣一郎の袂《たもと》が切り裂かれていた。

相手は再び剣を鞘に納め、居合の構えをとった。

「熊五郎のことは目晦ましであろう」

剣一郎がまた問いかけた。やはり、返事はない。

無言のまま、じりじりと間合いを狭めてくる。後退る。

今度は後ろに飛び退けば斬られる。足が石に触れた。剣一郎はその石を相手の足元に蹴飛ばした。相手の足の動きが一瞬止まったのを見て、剣一郎は上段から斬りつけた。と、同時に相手が剣を抜き放った。

剣と剣がぶつかりあった。そのまま鍔迫《つばぜ》り合いになった。満身の力で押し合う。

そのときだ。「父上」と叫ぶ声が夜陰に轟《とどろ》いた。

剣之助の声に似ている。

両者はさっと離れた。いきなり、相手は駆け出した。

剣一郎は目でその背中を追いながら、突然、閃めいた想いにとらわれていた。

なぜ、自分が狙われたのか？　なぜ、伊助が男に執拗に追われているのか？　与力殺しの侍と長崎屋と伊助、何らかの関連をもっているように思えてきたのだ。

「父上」

剣之助が駆けつけた。正助もいっしょだ。

「父上、ご無事で」

父の着物の袂が斬られているのを見て、剣之助は興奮して言った。

「今の賊は葛城小平太というお侍かもしれません」

「葛城小平太だと？」

「はい。元御家人で、居合の達人です」

剣之助は、町で無頼漢にからまれていたところを助けてもらったことや、両国回向院裏に住んでいることを手短に話した。

「よし、すぐ手配しよう」

「それより、おらくという女がやって来ました」

「なに、おらく？　伊助といっしょにいた女だな？」

「伊助さんとははぐれてしまったそうです」

「なんと」

剣一郎は急ぎ役宅に戻った。

多恵の心配そうな顔に大丈夫だと頷いて見せ、剣一郎は奥の部屋に急いだ。

年増の女がうずくまっていた。文七もいっしょだった。

「あっ、青柳さま」

文七がほっとしたように言った。

「おらくか」

剣一郎は声をかけた。

「はい。どうぞ、伊助さんを助けてください」

「伊助はどこにいるのだ?」

「わかりません」

おらくが嗚咽をもらす。

「旦那、すみませんでした。あっしの不覚です。敵には仲間がいたんです」

やはり、本郷団子坂から仲間がこっそりふたりのあとをつけていたのだ。

「おらく。わけを話すんだ」

はい、とおらくは語りはじめた。

文七に助けられた伊助とおらくは根岸から三《み》ノ輪《わ》を通り、下谷から筋違《すじかい》橋門を潜って八《や》辻《つじ》ケ原にやって来た。が、途中でずっとつけられていることに気づいた。人気のないところで襲われるかもしれない。そう思い、人込みに紛れすぐに神田川沿いに逃げた。

そして、新シ橋の近くにある船宿に飛び込んだ。

「そこで夜になるのを待って、こっそり出て行きました。そしたら、広小路で急に襲われ、伊助さんと離ればなれになってしまったのです。伊助さんは両国橋を渡って逃げて行きました」

おらくは夢中で訴える。

「伊助さんを助けてください」

「よし」

剣一郎は独断で植村京之進や大井武八など同心たちを呼び寄せた。そこで与力殺しの鍵を握る男として葛城小平太と伊助の名を挙げ、それぞれ探索に向かわせた。

第四章　月下の銃弾

一

朝になっても伊助の行方は杳《よう》としてわからなかった。

伊助が両国橋を逃げていった形跡はあった。橋番屋の男が駆けて行く男と追いかけて行く男を見ていたし、夜鳴きそば屋の年寄りも伊助らしい男が横網《よこあみ》町の街角を走ってくるのを見ていた。

が、その後の痕跡はない。伊助はどこぞで身を潜めているのであろう。伊助の顔を知る者はほとんどいないが、不審な男は姿を見ればわかるはずだ。そう思って、夜が明けてから、捜索の人数を増やしたが、朗報はまだ届かない。

あとの連絡を奉行所にするように言い置いて、剣一郎はいつものように継上下、平袴に無地で茶の肩衣、白足袋に草履という姿で屋敷を出た。

無意識のうちに早足になっており、槍持ち、草履取り、挟箱持ち、若党らの供の者も足早についてきた。

奉行所に出仕した剣一郎は公用人の長谷川四郎兵衛に呼ばれた。

用部屋の前で畏まると、四郎兵衛が奥から耳をろうするような大きな声を出した。

「青柳どの。そなたの任務はなんだ？」

「はっ。与力殺しの犯人を捕縛することにあります」

「そうだ。なのに、ゆうべから、そなたは何をしておる？」

四郎兵衛は立ち上がってきて、目の前で扇子を突きつけ憎々しげに言った。

「はっ、何のことでありましょうか」

剣一郎はとぼけた。

「何のことでありましょうだと？　このわしが知らぬとでも思っているのか」

四郎兵衛が癇癪を起こした。

「そなたは与力殺しの捜索のために、お奉行直轄の特命を受けて同心たちの指揮をとっておるのだ。その同心たちを何たることか、まったく無関係なことで使っておる。まさに越権行為ではないか」

ゆうべからの騒ぎを聞きつけたらしい。

「お言葉ながら、捜索のために必要と判断してのことでございます」

「どこが必要なのだ。聞けば、指物師の職人伊助なる者の探索だというではないか。どこに与力殺しと関係があると申すのだ。直ちに同心たちに本来の任務に戻るように命じるのだ。よいか」

「お待ちください」

剣一郎は顔を上げた。

「じつは、私もゆうべ襲われました。同じ襲撃者です」

「なんと」

「しかしながら、今度ばかりは無差別の襲撃とは考えられませぬ。着流しに深編笠をかぶった私を襲いました。つまり、私を青柳剣一郎と知ってのこと」

何が言いたいのかと、四郎兵衛はいらだちを抑えている。

「私は、昨日長崎屋に行ってみました。そして、主人の惣右衛門や内儀の態度に不審を持って帰ったところでございました。その夜に襲われたということは、与力殺しと何か関係があるやもしれぬと考えたのでございます。また、伊助が何者かに狙われました。これは、どうも伊助が長崎屋の秘密を覗いてしまったとしか考えられません」

確かに、長谷川四郎兵衛の言うとおり、剣一郎は確証のないままに同心や岡っ引きなどに伊助探索を命じてしまったのだ。

その責任はとるつもりでいる。だが、それは追われている伊助を見つけ出し、英五郎を助けたあとの話だ。

四郎兵衛が口をぱくぱくさせているのは、何か文句を探しているのだろう。

「長谷川さま。与力殺しの犯人の真の狙いは熊五郎なる囚人のお解き放ちではありませぬ。あれは単なる目晦《めくら》まし」

剣一郎は断言した。

「なに？ では、何が目的だ？」

「あるいは、お奉行の失脚を狙うものかと」

四郎兵衛は目を剝《む》き、

「ば、ばかな」

と、急にうろたえ出した。

「ど、どうなのだ。その可能性があるのか」

「心配はいりませぬ。きっと、未然に防いで見せます」

「あ、ああ」

意味不明の言葉を吐きながら、長谷川四郎兵衛が奥に引っ込んだ。威《おど》しが利き過ぎたか。四郎兵衛にとって大事なことはお奉行に責任が及ぶことだ。

葛城小平太のことを報告しなかったのは、剣之助の証言だけであり、まだ確証が掴めていなかったからである。

辞儀をし、剣一郎は下がった。

午後になって、隠密廻り同心の津久井半九郎が薬売りの格好のまま剣一郎の前に現れた。目が赤い。半九郎も、ゆうべは寝ずに伊助の捜索に当たっていた。

「何か摑めたか」

「じつはさっき吉田町《よしだ》に巣くう夜鷹に聞いてまわったところ、中のひとりが報恩寺橋《ほうおん》の上で喧嘩をしているのを見たと申しておりました」

「喧嘩だと？」

「はい。そして、職人ふうの男が悲鳴を上げて橋から横川《よこかわ》に飛び込んだということです。中に笠をかぶった男がいたと申しますから、川に落ちたのは伊助かも知れません。今、手分けして川っぷちを探しております」

「伊助は怪我をしたのか」

剣一郎は唸った。

だが、逃れるために川に飛び込んだのだ。怪我をしているにせよ、どこかにいるはず。

「ごくろう。下がって少し休むように」

「いえ、落ち着いて休んでもおられませぬ」

「しかし、体が大事だ」

「ありがとうございます。じつは」

頭を下げてから、半九郎が話題を移した。

「伊助が押し入ったという長崎屋に関して、ちょっと気になることが……」

「なんだ、申してみよ」

「はい。大黒堂のことです」

半九郎には通四丁目の古道具屋の大黒堂を見張らせていた。薬売りの姿に身を変えているのもそのためだ。

「あの店で働いている若い男がときたま出かけますのであとをつけてみました。すると、ひと目をはばかるようにして長崎屋に入って行きました」

「長崎屋にだと。そうか、でかしたぞ」

津久井半九郎をねぎらい、剣一郎は立ち上がった。

「父から、青柳さまの力になれと言いつかっております。青柳どのの活躍を祈っていると、父が申しておりました」

「かたじけないお言葉。青柳剣一郎、勇気づけられました、とお伝えしてくれ」

半九郎の父親も長年、定町廻り同心として活躍したひとだった。

津久井半九郎が去ってから、剣一郎は改めて考えた。伊助が狙われるのは長崎屋に忍び込んだことと無関係ではあるまい。あれほど執拗《しつよう》に始末をしようとするのは、伊助は長崎屋の秘密を見てしまったからではないのか。

長崎屋と与力殺しの襲撃者が大黒堂を介してつながっている可能性がある。果たして、大黒堂と長崎屋に結びつきがあるのか。

　葛城小平太という元御家人のことを調べていた同心がやって来た。昨晩、剣之助から葛城小平太が士籍を剝奪された理由を聞いた剣一郎は、すぐさま詳しい事情を調べるよう指示していた。

「事件の記録が見つかりました」

　五年前、葛城小平太は深川に遊びに行き、そこで水茶屋の女おこんを知った。高利貸しから金を借りてまで、女に会いに行くようになった。ところが、その女から別れ話を持ち出され、逆上して斬り殺してしまったという。

　小平太は女が無礼を働いたから斬ったと主張した。が、女から別れ話を持ち出されて逆上した末に殺したということが町方の調べでわかった。上司の小野田彦太郎という組頭が小平太の助命を嘆願し、女のほうにも落ち度があるということで、罪一等を減じられ、切腹は免れた。が、士籍を剝奪されて追放処分を受けた。

　同心の話を聞き終えて、剣一郎は首をひねった。町方の者が斬り捨てた事情を暴いたことを根に持ったのか。しかし、それだけの理由で与力を標的にするだろうか。事件の調べは定廻り同心や岡っ引きがしたのであり、お裁きはお目付のほうから下されたのであろう。

「おこんなる女はなぜ別れ話を持ち出したのか」

記録にはそこまでは書かれていなかった。

宇野清左衛門に御家人の近習番組頭小野田彦太郎について訊ねた。

宇野清左衛門は武鑑をそらんじ、大名や旗本の名前がすべて頭に中に入っているのだ。

御家人までは知らないだろうと思ったが、組頭の名前をそらんじていた。

「小野田彦太郎は三十九歳。さよう、娘がひとりおる。屋敷は小石川だ」

剣一郎は感嘆しながら礼を言った。

帰宅しているであろう時間を見計らい、夕方になって剣一郎は小石川に出かけた。

玄関に若党らしい武士が迎え、客間に通してくれた。きれいに磨き込まれた廊下、汚れのない襖、手入れの行き届いた庭。主人の人柄が偲ばれるようだ。

小野田彦太郎は想像したとおりの穏やかな人となりであった。

「葛城小平太なる者について教えていただきたいのでございます」

剣一郎は切り出した。

「あの者が何か？」

不安そうに、小野田彦太郎はきいた。

「はっきり申し上げます。あの者には、三人の与力を殺した疑いがかかっております」

小野田は衝撃をやり過ごすかのように一瞬目を閉じた。

「ばかな奴だ」

小野田は吐き捨てた。

「葛城小平太は腕も立ち、見どころのある男だったのですが……。残念です」

「おこんなる女がなぜ別れ話を持ち出したのか。その理由をご存じではありませぬか」

「女に男が出来たのです」

小野田彦太郎は厳しい顔で答えた。

「小平太が申すには、その男が高利貸しから金を借りていることなど、小平太のことを調べ上げて女に告げ口したそうです。自分の立場を利用しやがってと、憤慨していました」

「立場を利用した？　まさか、その男というのは？」

「そうです。奉行所の与力だと言っておりました」

「名前は覚えていませんか」

「いえ。所詮、あのようなところで働く女。金のある男のほうに気が向かうのでありましょう」

おこんなる女をめぐって葛城小平太と奉行所与力が鞘当てを演じたのだ。

その与力とは光岡征二郎ではないか。

しかし、五年前のことを根に持ち、今になって復讐をしたのだろうか。

「今、葛城小平太が江戸に戻っていることはご存じですか」

「いつぞや、娘が偶然に出会ったと申しておりました」

もう確かめることはなかった。礼を言って立ち上がりかけたとき、小野田彦太郎がおずおずと言い出した。

「青柳どの。いずれ、お役目を抜きにして語り合いたいと思いますが、いかがでありましょうや」

「喜んで」

辞儀をし、剣一郎は玄関に向かった。

なぜ、小野田彦太郎があのような誘いを述べたのかわからない。

門を出るとき、横手で丁寧に剣一郎に向かって礼をした娘を見た。十三、四。美しい娘だ。小野田彦太郎の娘であろう。

剣一郎も会釈をして、外に出た。


その頃、剣之助は葛城小平太を探して小石川白壁町を歩き回っていた。

小平太は両国回向院裏の常磐津の師匠の家に戻らないまま、行方を晦ましている。

剣之助はじっとしていられず、小平太を探し回っているのだ。小石川白壁町のどこかに小平太が匿われているような気もするが、手掛かりを摑むことは出来なかった。

次に思いついたのは深川常磐町だ。常磐町の娼家に小平太の馴染みの女がいるのではないか。そこに行けば、何か手掛かりが摑めるかもしれない。

小平太に自首を勧められるのは自分しかいないのだと、剣之助は悲愴な気持ちで深川常磐町に向かった。

二

面紙で顔を覆われているのは英五郎だ。斬首の同心が剣を振りかざした。

ぎゃえ、と叫びを上げて伊助は目を覚ました。

(ここはどこだ?)

伊助は高い天井を見た。なぜ、ここにいるのかすぐには思い出せない。体が棒になってしまったように動かない。

そうだ、おらくはどうした、と伊助は記憶を手繰った。

夜を待って、おらくと船宿を出た。が、両国広小路で殺し屋の仲間に見つかったのだ。逃げまどううちに、おらくと離ればなれになった。

伊助は両国橋を渡って逃げた。敵が追いかけてきた。気がついたとき、報恩寺の境内に隠れていたのだ。

一刻(二時間)以上植込みに潜み、夜陰に乗じて八丁堀に向かおうとして境内を出たところでまた、敵に見つかってしまったのだ。

伊助は肩と脚を刺された。もうだめだと思い、報恩寺橋から横川に飛び込んだ。敵は橋の下を探していたが、伊助は懸命に泳いで橋から離れていたのだ。

だが、覚えているのはそこまでだ。

起き上がろうとして、脚と肩に激痛が走った。

「まだ、無理だ」

いきなり声がした。

「動けば、傷口が広がる。当分動いちゃだめだと医者が言っていた」

皺《しわ》だらけの男の顔が目に飛び込んだ。五十過ぎだろうか。

「ここはどこだ？　あなたは？」

「俺の家だ。俺は瓦《かわら》職人の仁蔵《にぞう》だ」

「あなたが私を助けてくれたのですか」

「驚いたぜ、瓦焼き場にいたら、おめえが川から上がって来たんだ」

「川から上がって来た？」

そうだ。途中で何かに摑まった。暗かったのでどこをどう泳いだのかわからなかったが、岸に上がったのだ。そして、そのまま倒れてしまった。

こうしちゃいられねえ。伊助はもう一度起き上がろうとしたが、またも激痛に襲われ、呻《うめ》き声を発した。

「だめだと言っているだろう」

「行かなくちゃならねえんだ」

「どんな事情があるかしらねえが、無理なものは無理だ」

「仁蔵さん。頼む、起こしてくれ。ひとの命がかかっているんだ」

「おまえさん、名は何というんだね」

「伊助だ」

痛みを堪えて答える。

「四、五日したら起き上がれると医者も言っていた。それまで辛抱しなせえ」

「そんなに待てねえ」

「ここは俺と伜のふたり暮らしだ。遠慮することはねえぜ」

「助けてもらった上にこんなことを頼めた義理じゃねえが、仁蔵さん。頼む。俺を八丁堀まで連れて行ってくれねえか。どうしても行かなきゃならねえんだ」

「何度言ったらわかるんだ。今は動いちゃならねえ」

「頼む。仁蔵さん。じつは俺の身代わりに牢獄に繋《つな》がれているひとがいるんだ。俺が自首して出なきゃ、そのひとは処刑されちまうかもしれねえ。時間がねえんだ」

伊助が事情を話すと、仁蔵の顔つきが変わった。

「じゃあ、自身番に行って町方を呼んで来よう」

「だめだ。親方をとっ捕まえた町方なんか信用出来ねえ」

「よし。わかった。伜に八丁堀まで行かせよう」

「ほんとかえ」

「ああ。で、八丁堀の誰に会えばいいんだ?」

「青柳剣一郎という与力だ。青柳さまに、伊助が迎えを待っていると伝えてくれ」

「青柳剣一郎さまだな。よし、わかった」

仁蔵が部屋を出て、伜の名を呼んだ。

伊助の事情を話している。

「よし、ひとっ走り行ってくる」

「船で行け」

「わかった」

仁蔵が戻って来た。

「今、伜が走って行った。知り合いの船頭に船を出させるから、そんなに時間はかからねえが、向こうから誰かやって来るにしても一刻以上はあとだ。それまで、静かに休んでいることだ」

「すまねえ。見ず知らずの俺のために」

「困っているときはお互いさまよ。じゃあ、あとで様子を見にくるぜ」

仁蔵は障子を閉めて出て行った。

うとうととしかけては傷の疼きで目を覚ました。が、いつしか寝入ったようだ。目を覚ましたとき、部屋の中は暗くなっていた。

少しは眠ったようだ。気のせいか、痛みはさっきより幾分引いたような気もする。

ふと障子に明かりが射した。行灯の灯だ。障子を開けて、静かに仁蔵が入って来た。

「仁蔵さん」

伊助が声をかけた。

「すまねえ。様子を見に来たんだが、起こしちまったようだな」

「いや。さっき目が覚めた。外は暗くなったようだが、今何刻ですか」

「もうじき、六つ半ってとこか。追っ付け、戻ってくるだろう」

八丁堀に行った伜のことだ。

そのとき、ひとが入って来た。

「仁蔵さん。たいへんだ」

「おや、源安《げんあん》先生のとこの？　何かあったのかね」

「人相のよくない連中がやって来て、怪我した男を治療していないかと問い詰めているんだ。仲間だから連れて帰ると言っている」

「奴らだ」

伊助は叫んだ。

仁蔵が顔を向けた。

「おまえさんをこんな目に遭《あ》わせた連中か」

「そうだ」

「拙《まず》いな」

仁蔵が舌打ちした。

「源安先生は口にしてしまいそうか」

「いずれ言わされちまうかもしれねえ。言わなければ、この辺りをしらみ潰《つぶ》しにしていくって威《おど》しているんだ」

「そうか。よし、おめえもちょっと手伝ってくれ」

そう言うと、ふたり掛かりで伊助の体を起こし、裏にある小屋に連れて行った。そこに瓦が積まれている。

積み上げられた瓦の裏に伊助を座らせ、

「苦しいだろうが、しばらくの辛抱だ。奴らが来たら、適当に追い払う」

そう言って、仁蔵は母屋に戻った。

静かな時間が流れた。じっとしても傷口が痛む。さっき動いたのが拙かったのか。

突然、乱暴な声が聞こえた。

奴らがやって来たのに違いない。ここにいては見つかる。奴らの執拗さを知っているだけに驚怖心が募《つの》った。それより、仁蔵に迷惑がかかってしまう。

激痛を堪え、伊助は小屋を出た。動くたびに激痛に襲われた。が、親方が待っているんだ。ここで倒れるわけにはいかねえと、伊助は歯を食いしばった。

悲鳴が聞こえた。

「仁蔵さん」

まさか、仁蔵が斬られたのではあるまいか。

しかし、伊助はどうすることも出来なかった。ちくしょう。またも、俺のためにひとが犠牲になっちまった、と伊助は胸をかきむしった。

伊助は暗がりに身を潜め、ひとの気配のないのを窺って先に逃げた。いずれ、奴らは辺りを隈《くま》なく探して追ってくるに違いない。

人家の明かりに助けを求めても、またそこの人間に迷惑をかけてしまうだけだ。ひとりで逃げなくてはならない。

場所がわからない。この辺りは寺が並んでいる。その中の小さな寺の境内に入り込んだ。脚の痛みにたまらず植込みの中に倒れ込んだ。呼吸を整えてから脚を見て、伊助はあわてた。脚から血が垂れていた。

伊助は愕然とした。血の跡が山門からずっと続いている。敵に見つかったら、すぐに追いつかれる。

伊助は包帯の上から手拭いを巻いて血を押さえ、激痛をこらえて立ち上がった。

裏から出て、足を引きずりながら闇雲に歩いた。町屋が途切れて、また小さな寺が並んでいる。さらに行くと、武家屋敷に出た。

屋敷の塀伝いに歩いて行くと、汐の香が漂った。しめた、と伊助は叫んだ。隅田《すみだ》川に近い。少し元気が出て、先に行くと、案の定土手に出た。

辻番屋の灯が見えた。土手に上がると、右手の暗がりに橋が浮かんでいるのが見えた。吾妻《あずま》橋だ。

左手のかなたにある両国橋までだいぶある。伊助は息が弾んでいた。目も霞《かす》んでいる。

だが、行かねばならない。

このような寂しい場所では駕籠《かご》も通らない。ともかく歩くしかなかった。が、歩きはじめてしばらくしてから何かに蹴躓《けつまず》いて草の上に倒れた。そのまましばらく起き上がれなかった。

仰向けになって息を整える。星が瞬いている。

「おらく……」

伊助は呼びかけていた。もう二度と会えないだろう。

俺と出会ったばかしに不幸な目に遭わせちまったと、伊助はおらくに心の内で詫《わ》びた。

草を踏む音が聞こえ、はっとした。体を起こしたとき、提灯の灯が向けられた。その明かりの向こうに黒い影がいくつか見えた。

提灯が近づくにつれ、背後にいる影が輪郭を現してきた。三角の笠をかぶった男。

ひぇと、伊助は声にならない悲鳴を上げた。

「とうとう追い詰めたぜ」

笠の男がはじめて口をきいた。

「世話を焼かせやがって」

憎々しげに言い、匕首を構えた。

(親方、すまねえ。もうだめだ。約束を果たせねえ)

伊助は観念した。

三

それより半刻(一時間)ほど前。

剣一郎が奉行所から戻ったのと、門前に職人ふうの若い男が駆け込んで来たのとほぼ同時だった。

着替え終えた剣一郎が出て行くと、その職人は夢中で訴えた。

「本所中之郷瓦町《なかのごうかわら》の瓦職人仁蔵の伜で仁助《にすけ》にございます。指物師の伊助さんが怪我をして私の家におります。青柳さまにお伝えしてくれと頼まれてやって来ました」

「そうか、伊助がそなたのところに。よし、案内してくれ。詳しい話は船の中だ」

「はい」

剣一郎は小者に植村京之進たちに連絡をとり、中之郷瓦町の瓦職人仁蔵の家に来るように命じ、自分は若党の勘助を連れて、仁助といっしょに堀から船に乗り込んだ。

船が大川に出ると、大柄な船頭が、櫓《ろ》の音を激しく立てて船を急がせた。

仁助が語ったところによると、川岸で倒れたのを父親の仁蔵が見つけ、仁助とふたりで家に連れて行った。医者の話では、肩と右足に深手を負っており、しばらく歩くことは無理だとのこと。だが、伊助はどうしても自首して出なければならないのだと言ってきかなかったのだという。

船は蔵前《くらまえ》を過ぎて行く。

(伊助、頑張れ)

剣一郎は心の内で祈った。

吾妻橋が近づいてきた。と、そのとき勘助が叫んだ。

「旦那さま、あれを」

勘助が指さした土手に提灯の明かりが揺れ、黒い影が幾つも見えた。

「船をあれへ」

「へい」

船頭の返事と共に、船の舳先が土手に向いた。

黒い影が土手の坂を転げ落ちるのが見えた。そのあとを黒い影が追って来た。

「急げ」

剣一郎は声を張り上げた。

船が桟橋に着くや、剣一郎は飛び下り、黒い影に向かって駆けた。

「待て」

いましも、笠をかぶった男の匕首が振り下ろされようかというとき、剣一郎の投げた小柄が男を襲った。

男は飛んできた小柄を匕首で撥ねつけた。

倒れている男に駆け寄って、剣一郎は敵に目を向けたまま声をかけた。

「伊助か」

「へい」

「青柳剣一郎だ。もう心配はいらねえ」

「青柳さま」

伊助が泣き出しそうな声を出した。

「勘助。伊助を頼んだ」

そう言い置いて、剣一郎は賊に向かって叫んだ。

「やい、てめえたち。誰に頼まれてこの者を襲ったのだ?」

「構わねえ。やっちまうんだ」

笠の男が獰猛《どうもう》な声で言う。

数人の無頼漢がそれぞれ匕首を構えて剣一郎に迫る。喧嘩《けんか》馴れした連中だ。命知らずのひとりが匕首を突き出した。

剣一郎は身をかわし、相手の匕首を持つ手を摑み、腕をひねって投げ飛ばした。その間に、別の匕首が背後に伸びて来た。

体をひねって避けながら剣を抜き、匕首を払った。

「野郎」

髭面の男が歯を剝き出して迫った。剣一郎が切っ先を男の喉元に向けて正眼に構えると、相手は唸ったまま動けなくなった。

「おめえたち、いったい誰に頼まれてんだ。言いやがれ」

匕首を構えたまま硬直したようになっている髭面の男の目が左右に動いたのを見逃さなかった。

左右と背後に殺気を感じた刹那《せつな》、剣一郎は左手で脇差を抜いた。敵が四方から一斉に突進してきた。左方から迫った匕首を脇差で払い、右方からの攻撃を剣で防ぎ、前方の髭面の男に突進して脇差で相手の二の腕を斬りつけ、背後から突進してきた敵に半身をひねりながら剣で手首をしたたか打ちつけた。

「てめえたち、自分の命をもっと大切にしたらどうだ」

たちまちのうちに胴や腕や手首を押さえてうずくまった命知らずの者たちに一喝した。

「俺が相手だ」

笠をかぶった男が匕首を構えて前に立った。

「おめえに指図をしたのは誰か。長崎屋か」

「さあな」

男は落ち着いている。

「なぜ、長崎屋が伊助を始末しようとするのだ」

「残念だが、外れだ」

「なに？」

「冥土の土産に教えてやろう。俺たちを雇ったのは長崎屋じゃねえ」

「じゃあ、誰だ？」

笠の内で、男が含み笑いをした。

「そのお方はもう死んでいる」

「死んでいると？」

「そうさ。そいつが誰か、あの世とやらに行って自分の目で確かめるんだな」

男は匕首を構えたまま、素早く体の位置を変えた。

「雇い主がいないのにまだ仕事を続ける気か」

剣一郎の周囲をぐるぐる回り出した。動きが軽い。剽悍《ひょうかん》な男だ。

「請け負った仕事はきっちりしなきゃならねえ。それが俺の仁義だ。さあ、覚悟をしてもらうぜ」

匕首の扱いに馴れていることは、その構えからもわかる。命を張った修羅場を幾度もくぐり抜けてきた自信が漲《みなぎ》っている。

剣の長さでは圧倒的に不利なはずなのに、相手は少しも臆することはない。

「野郎、覚悟しやがれ」

男が匕首を振りかざしてきた。仲間とは比べものにならないほどの素早い動きだ。

強引に懐に飛び込んできたのを剣一郎は剣で受け止めた。男は強引に剣一郎の手首を左手で摑んで、接近戦に持ち込んだ。

男は左手に全身の力を込め、剣一郎の剣を持つ手を押し上げた。さっと匕首を外し、すぐさま、自由になった右手の匕首を剣一郎の心の臓を目掛けて突き出した。

が、男の匕首が剣一郎の体を突き刺すことはなかった。男がうめき声を発して、崩れ落ちた。

剣一郎の左手に握られていた脇差が男の脇腹に食い込んでいた。

「貴様、相討ちを狙ったのか」

倒れた男の顔を覗き込む。外れた笠の下から獰猛な顔が現れた。

「俺の負けだ」

男は苦しそうな声を出した。

「おめえの名は？」

「始末屋の巳之吉《みのきち》だ」

そう言ったあと、巳之吉は口から黒い血を吐き出した。

「誰だ、依頼主は？　長崎屋じゃないのか」

「長崎屋じゃねえ、俺を雇ったのは……」

もう一度、血を吐き出し、巳之吉は息が絶えた。

「青柳さま。ご無事で」

「おお、京之進か」

町方の者が駆けつけ、仲間たちを全員捕縛した。

「こいつを頼む」

京之進に言い置いて、剣一郎は伊助に駆け寄った。

勘助が伊助の手当てをしていた。

「伊助。だいじょうぶか」

「へえ。あっしが長崎屋から金を盗んだんです。親方は関係ねえ、英五郎親方はどうしていますか？」

伊助が目を剝いてきいた。

「おめえが名乗って出れば、もう心配ない。それから、おらくも無事だ」

「おらくが」

伊助が表情を輝かせた。

「そうだ。俺の屋敷に駆け込んできたんだ。おらくも待っているぜ」

安心させてから、剣一郎は肝心なことをきいた。

「おまえは長崎屋に忍び込んだとき、中で何かを見やしなかったか」

「いえ、何も。あっしは、金を盗んだあと内儀さんに見つかっちまって、逃げる途中で店の者に立ちふさがれたんです。逃げるのに夢中で刺しちまった」

「よく考えてみろ」

「いえ、何も」

伊助は何も見ていないようだ。伊助がなぜ、狙われたかわからない。

「そうか。ご苦労だった」

安心したように、伊助はそのまま勘助の腕の中で気を失った。

翌朝、剣一郎は出仕し、ただちに宇野清左衛門に伊助が自首してきたことを告げた。伊助の犯行であることを説明し、さらに吟味方与力の橋尾左門にも伊助のことを話した。

「小伝馬町に行って来る」

そう言い残し、剣一郎は部屋を出た。

雨雲が垂れ込めている。降り出すかもしれないと、足を急がせた。

牢屋敷に着き、またも牢屋同心に頼み、英五郎を連れ出してもらった。

「英五郎。伊助が自首してきた」

「ほんとうですかえ」

英五郎の表情が輝いた。

「うむ。だが、伊助は怪我を負っている」

「怪我？」

「生命には別状はない。が、怪我の回復を待たねば取調べも出来ず、おまえにももう少し我慢をしてもらわねばならぬ」

「そいつは構わねえ。そうですかえ、伊助は自首してくれましたか」

英五郎は目頭を押さえた。

「怪我を押して、懸命に自首してきたんだ」

「そうですか。奴は約束を守ってくれたんですね」

英五郎の声が悲しげに沈んだ。

「どうした、うれしくはないのか」

「へえ、約束を守ってくれたのはうれしゅうございます。でも、伊助は罪を受けることになります。そのことを思うと、胸が張り裂けそうになります」

英五郎はやりきれないように言った。

ひとを殺しているのだ。自首してきたとしても、死罪は免《まぬが》れまい。

「それ以上考えるな。もう、いい加減自分のことを考えるんだ。内儀さんや子どもたちが待っているんだ」

「へい」

英五郎は頷いた。

自分に助かる道が開けたというのに、今度は伊助が死罪になることを気に病んでいる。

英五郎って男は何って奴なんだと、剣一郎は呆れる思いだった。

四

剣一郎はあわただしく奉行所に戻った。

風烈廻り同心の礒島源太郎と只野平四郎がやって来た。

「ちょっとよろしいでしょうか」

「おう、構わぬ。さあ、入れ」

与力殺しの探索を任されてから、市中の見廻りはふたりに任せっ切りとなっていた。

「何かな」

ふたりの顔色を見て、何かを伝えに来たのだと察した。

お互いに顔を見合わせてから、まず礒島源太郎が切り出した。

「始末屋巳之吉の亡骸を見て、ちょっと思い出したことがあります」

奉行所の裏庭に始末屋巳之吉の遺骸を運び込み、与力、同心たちに見てもらった。知っている者がいるかもしれないと思ったのだ。

巳之吉は、伊助殺しを依頼した人間の正体を明かさずに死んだ。巳之吉が言うには、依頼主はすでに死んでいるという。なぜ、依頼主が死んだのかもわからない。

肝心の伊助はまだ意識を取り戻していない。が、依頼主は長崎屋ではないと言った巳之吉の言葉に嘘はなさそうだ。伊助を狙った理由を、伊助が長崎屋に絡む秘密を知ったためと睨んでいただけに見込みは大きく外れたことになる。だが剣一郎は裏に何かがある、そう確信していた。

そういう中でのふたりの訴えに、剣一郎は身を乗り出した。

「話してくれ」

「はい。いつぞや見廻りの折り、あの男を見かけたことがございます」

「見かけた？　どこで、だ？」

「あれは富岡《とみおか》八幡宮の境内でした。それも本殿の裏手で、ある人間と会っておりました」

「ある人間とは？」

剣一郎は身を乗り出した。

「それが……」

礒島源太郎が言いよどんだ。

すると、只野平四郎が口を開いた。

「高積見廻りの光岡征二郎さまでございます」

「なに、光岡どのだと」

光岡征二郎と巳之吉が通じていたとは信じられない。まがりなりにも、光岡は奉行所与力なのである。

が、依頼主はすでに死んでいると言っていた巳之吉の言葉が蘇る。

「確かに、光岡どのと会っていたのは巳之吉に間違いないか」

「はい。堅気の格好でしたが、獰猛な感じが印象に残っておりましたから。あのあと、ふたりで誰なんだろうと噂していたぐらいですから」

「それに、ふたりを見たのはもう一度あるんです」

儀島源太郎が続けた。

「もう一度？」

「はい。柳橋の袂でした。船宿のほうに向かう光岡さまを見掛けました。すると、反対方向に巳之吉が去って行く姿を見ました。このときはふたりを別々に見たのですが、ふたりは直前までいっしょだったような気がしました」

「そうか」

光岡征二郎は生活が派手だという噂があった。現に、深川の料亭でも上客のようだ。

しかし、なぜ光岡征二郎が伊助を殺さねばならなかったのか。

はたと剣一郎は思いついたことがあった。すぐに、大井武八を呼んだ。武八は、長崎屋の事件を調べた同心である。この役目は大井武八が適任であった。

「小石川養生所にいる伊助に確かめてきて欲しいことがある」

「はっ、なんでございましょうか」

「伊助がどうやって長崎屋に忍び込んだのか、それをきいてきてもらいたい」

「塀を乗り越えたのではないのでしょうか」

「違う。逃げるとき、伊助はまっしぐらに裏口に向かった。それは裏口の場所がわかっていたからだ。裏口から庭に入ったから知っていたんだ」

「わかりました。さっそく」

大井武八が飛び出して行ったあと、別の同心を呼び、光岡征二郎が誰と会っていたかを確かめに、柳橋の船宿に走らせた。

次に、光岡征二郎の下で働いていた高積見廻り方の同心を呼び寄せた。

やって来たのは痩せた若い同心である。

「光岡どのは、小石川白壁町の長崎屋と親しい関係にあったのか」

剣一郎は確かめた。

「はあ、光岡さまは長崎屋に何の問題もないのに、じきじきに顔を出しておりました」

高積見廻り方は、商家が往来に荷物などを高く積み重ねておくのを取り締まる。積んである荷物が倒れてひとが怪我をするなどの危険を防止するためであるが、長崎屋はそういう違反はしていなかったという。

「主人の惣右衛門とは格別の仲のように見受けられました」

高積見廻り方の同心は付け加えた。

部屋に落ち着いたとき、小石川養生所から大井武八が戻って来た。

「ご苦労だった。で？」

「伊助が申すには、忍び込む場所を探していると、裏口から内儀と侍が出て来たそうにございます。内儀が表通りまで侍を送った隙に裏口から忍び込んだと」

剣一郎は覚えず厳しい顔で頷いた。

大井武八と入れ代わるように、柳橋の船宿に向かった同心が戻って来た。

「船宿の女将をちょっと威《おど》して吐かせました。光岡さまと会っていたのは長崎屋の内儀おまきだったということです」

「ご苦労」

剣一郎はすっくと立ち上がった。剣一郎の下について捜査記録を記している用部屋付きの同心が剣一郎を窺うように見た。心の昂《たかぶ》りが同心にも伝わったのかもしれない。

剣一郎が縁側に出て頭を冷やして部屋に戻ると、葛城小平太を監視していた同心がやって来た。

「葛城小平太は本所回向院裏にある常磐津の師匠宅を出て、行方知れずになりました。ただ、かの与助が出入りしていた、本所南割下水の御家人三田村大吉の屋敷に小平太もよく顔を出していたそうです」

「よし。三田村大吉に会ってみよう」

剣一郎は本所南割下水の御家人三田村大吉の屋敷を訪れた。

呼びかけに出てきたのは下男ふうの男だ。身分を名乗ると、下男ふうの男はあわてて奥へ引っ込んだ。

やがて戻って来た男が剣一郎を奥に招いた。

庭は手入れがされず、雑草は伸び放題。襖や障子も所々に破れが目立つ。荒れるに任せている感じだ。

客間で待っていると、三田村大吉がやって来た。頬骨の突き出た顔色の悪い男だ。不摂生な暮らしをしている荒《すさ》みは隠しようもない。

三田村大吉は小普請《こぶしん》組で、いわゆる仕事のない大部屋組であった。

「何用でござるか」

御家人の威厳を保つように三田村大吉はきいた。

「こちらで賭場を開いているとのこと」

三田村大吉の顔色が変わった。

「なれど、そのことは詮索しませぬ。ただ、葛城小平太の居場所を教えていただきたいのですが」

「葛城小平太なぞ、知らん」

「しかし、こちらに出入りをしていたようですが？」

剣一郎は相手の目を睨み据えて、

「お話が聞けなければ、この屋敷の前を張り込み、賭場に出入りしている者どもを片っ端からしょっぴいて話を聞き出さなければなりませぬが、それでもよろしいですか。そうなると、当然奉行所としてもこちらで賭場が開かれている……」

「待て」

威しがきいたらしく、三田村大吉があわてて手で制した。

「奴とは半年ほど前に偶然回向院前で出会った。それからここに顔を出すようになったが、最近は顔を出しておらん」

「どこにいるかご存じではありませぬか」

「回向院裏だ」

「もう、そこにはいない様子。あと、行きそうな場所は？」

「わからん」

隠している様子でもなかった。

「最近、小平太に変わった様子は？」

「金回りがよかった」

「金回りが？」

「たまっていた博打の負け金も支払っていた」

「なぜ、金回りがいいのか、そのわけを尋ねましたか」

「いや」

「もし、小平太の居場所がわかったら、ぜひお知らせくだされ」

剣一郎は頼んで引き上げたが、もはや小平太が大吉の屋敷に現れることはあるまいと思った。

五

翌日になった。元御家人の葛城小平太の行方はいまだ摑めない。いちおう、両国回向院裏の常磐津の師匠の家を見張らせているが、戻って来るとは思えない。

通四丁目の大黒堂も津久井半九郎に見張らせているが、このままでは埒《らち》が明かない。

こっちから仕掛けるしかない、と剣一郎は決意した。

剣一郎は捕り方の者を大黒堂近くに派遣し、遠巻きにした。津久井半九郎に、大黒堂に何か動きがあれば、すぐ捕縛するようにと言いつけた。

その日の午後、剣一郎は長崎屋を訪れた。

「突然に失礼する」

客間に通された剣一郎は主人惣右衛門と対峙した。傍らには内儀のおまきがいる。

「つかぬことをお伺いいたすが、高積見廻り方与力の光岡征二郎を存じておろうな」

剣一郎はその瞬間のおまきの表情を窺った。

「はい。お役目のことで私どもの店にもお寄りになります」

「内儀どのもご存じかな」

剣一郎はおまきにきいた。

「はい。存じ上げております」

「左様か」

剣一郎は間を置き、

「じつは、この家に忍び込んだ伊助なる者が自首して参った」

おまきの表情が一瞬強張《こわば》った。

「はて、この家に忍び込んだのは指物師の英五郎ではありませぬか。おまきがはっきり証言しております」

惣右衛門が目元を笑わせて、

「のう、おまき」

と、声をかけた。

「はい。盗人は英五郎でございました」

最前の動揺などなかったかのように、おまきは落ち着いた声で言う。

「妙だな」

剣一郎はわざと思案顔になった。

「伊助は盗みの一部始終を自白した。それは、盗人当人でなければ知り得ないことばかりであった。内儀さん、よく思い出してもらいたい。盗人はほんとうに英五郎だったのか」

「ええ、間違いありませんとも。盗人の二の腕の黒子を覚えていたのですから」

「すると、伊助の二の腕にも黒子があったのであろうか」

剣一郎はおまきを見た。

「その者が英五郎を助けようと嘘をついているのではありませぬか」

「なるほど。そういうことも考えられるな」

剣一郎は頷いた。

「青柳さま。そのことで何か」

惣右衛門がきいた。

「すまないが、ご亭主とふたりだけにしてもらいたい」

おまきが不審そうな顔をした。

「向こうへ行っていなさい」

惣右衛門がおまきに命じた。

渋々のように、おまきが立ち上がった。

惣右衛門とふたり切りになってから、剣一郎は切り出した。

「じつは伊助が妙なことを申しておる」

「妙なこと？」

「この家への侵入場所でござる。伊助が申すには、忍び込む場所を探していると、裏口から内儀と、ある侍が出て来た。内儀が表通りまで侍を送った隙に裏口から忍び込んだと言うのだ」

剣一郎は惣右衛門を見据えた。

「その侍というのが、誰あろう、与力の光岡征二郎であったと。なにしろ、夜も四つ半（十一時頃）になろうという時刻」

惣右衛門のたるんだ目に光が射したようだ。

「なにぶん、盗人の申すことゆえ、真実かどうか。そこで、こうして真偽を確かめにきたのだが、お内儀に訊ねる前に、おぬしにきいてみたというわけだ」

「それはそれは。が、光岡さまが私の留守中にやって来ているとは考えられませぬ。きっと、盗人の見間違いではないでしょうか。いや、盗人は英五郎なのですから、その者は作り話をしていることになりますな」

「いや、仮に英五郎が盗人だとしても、事件後に英五郎は伊助に会っている。だとすれば、英五郎が光岡征二郎を見たのかもしれぬ」

「では、英五郎の見間違いではありませぬか」

「侍を見たのが間違いだと申すのか。それとも、侍はいたが、光岡征二郎ではないということか」

「おそらく、私が雇っております用心棒の先生ではなかったかと」

「ほう、用心棒を雇っているのか」

「私が仕事で留守をするとき、不用心なので腕の立つお侍さんに用心棒代わりに来ていただいております。たぶん、そのお侍さんが引き上げて行ったのでしょう」

「それなら、なぜ内儀どのは最初にそのことを言わなんだのかな。まるで、隠しているように感じられたが」

「さあ、それはそれほど重要ではないと思っていたからでしょう。それに、用心棒を雇っているというのは聞こえが悪いと思ったのかもしれません」

「左様か」

「何なら、本人に確かめてみますか」

惣右衛門は余裕の笑みを見せて言う。

「いや。それには及ぶまい」

ふたりは口裏を合わせているとみていい。おまきにきいても、惣右衛門と同じ答えが返ってくるはずだ。

「ところで、惣右衛門。通四丁目にある古道具屋の『大黒堂』とは取引があるのか」

剣一郎は話題を変えた。

「はい。ときたま、出物がありますと、私どもに持ち込んで参ります」

「それは盗品でもか」

「盗品ですって。そんなものは扱っちゃおりません」

「そうか。ところで、光岡征二郎のことだが、最近生活が派手になっていた。料亭で芸者を呼んで遊んでいるという。どこからそんな金が出るのか、奉行所でも噂になっておった」

剣一郎は相手の目を見つめ、

「ひょっとしたら、光岡征二郎がどこぞの商家から常識外れの付け届けをもらっているのではないか。そんな声も上がっておった」

剣一郎ははったりをかませた。

「光岡を問い質す必要があるという声が出ていた矢先、光岡征二郎が殺された。やったのは居合の達人で、葛城小平太という御家人崩れ」

惣右衛門の表情が動いた。

「葛城小平太をご存じか」

「葛城小平太がこちらに出入りしているのを見た者がおるのだが」

この長崎屋のある小石川白壁町付近で二度、剣之助は葛城小平太と出会っているのだ。

「ひと違いでございましょう」

惣右衛門は笑みを漂わせた。

「どうも最前から伺っておりますと、まるで雲を摑むようなお話ばかりで、私としても返答のしようもありませぬ」

「葛城小平太を知らぬと言うのだな」

「はい」

「わかった。こっちの見込み違いかもしれぬ。またよく調べて出直すことにいたそう」

剣一郎は立ち上がった。

惣右衛門は手を叩き、

「お帰りだ」

と、廊下に走って来た奉公人に告げた。

「そうそう、大黒堂は近々大番屋に呼んで取り調べてみようかと思っている」

剣一郎は部屋を出る前に振り向いて言った。

長崎屋を出た。十分に揺さぶりをかけた。大黒堂の孫兵衛には逃げるように指図をする
「知りません」

はずだ。

さて、長崎屋がどう出て来るか。剣一郎は途中で振り返り、長崎屋を眺めた。

奉行所に戻って、剣一郎は長崎屋惣右衛門の動きを待った。必ず動くはずだ。

が、半刻（一時間）近く経っても動きがない。

「まさか」

剣一郎は奉行所を飛び出した。ひょっとしたら、長崎屋を甘く見ていたのかもしれない。

通四丁目にやって来た。大黒堂を見張っている岡っ引きに近づいた。

「どうだ？」

「あっ、青柳の旦那。孫兵衛たちはまだ動きません」

大黒堂の店先に孫兵衛の姿はない。

「誰かやって来たか」

「はい。痩せた男がひとりやって来ました。が、しばらくして出て行きました。津久井さまがその者のあとを付けています」

「その者が去ってからどのくらいだ？」

「そろそろ四半刻（三十分）近くなろうかと」

「なぜ、孫兵衛は出て来ぬ」

たちまち、剣一郎は不安の渦に巻かれた。

「行くぞ」

剣一郎は大黒堂に向かって駆けた。

店先に立ち、

「誰かおらぬか」

と、声をかけた。

返事はない。

岡っ引きが奥へ向かった。

「入ってみます」

が、障子にぶつかって岡っ引きが飛び出して来た。

「死んでます」

舌打ちし、剣一郎は奥に入った。

孫兵衛と若い男が胸を血で汚して倒れていた。

長崎屋を見張っていた者からの連絡では、惣右衛門とおまきは剣一郎が引き上げてからほどなくふたりして外出したという。店の前に駕籠を二丁呼び、ふたりが駕籠で出かけた。そして、柳橋の船宿に入ったあと、見失った。

大黒堂を襲った男をつけて行った津久井半兵衛は深川常磐町の娼家でまかれたということだった。

六

その夜、剣一郎が帰宅したとき、剣之助の姿がないことに気づいた。昼過ぎ、正助と共に出て行ったきりだという。

夕飯時にも剣之助は戻らない。多恵も心配で食事が喉を通らないようだ。るいも不安な顔をしていた。

若党の勘助がやって来て、剣一郎を呼んだ。

異変を察したが、剣一郎はさりげなく立ち上がり、廊下で勘助から話を聞いた。

「こんなものが投げ込まれました」

小石に包んだ紙切れだ。

剣一郎は紙切れを広げた。

――剣之助を預かっている。今宵四つ（十時）、ただひとりにて深川石島《いしかわ》町の化け物屋敷まで　葛城小平太剣一郎は文を握りしめた。

葛城小平太を追っていて、逆に捕まってしまったのに違いない。

「家の者には内緒ぞ」

剣一郎は勘助に口止めをした。

「旦那さま。私もお供に」

「いや、俺が出てから半刻（一時間）後に京之進に伝えよ。よいな」

「はい」

剣一郎は八丁堀脇の堀から船に乗り込んだ。

船は大川を突っ切り、仙台堀に入った。河岸の常夜灯がほのかな明かりを灯し、橋に近づくと船宿の明かりが輝いていた。

剣之助、待っていろ。剣一郎は不安と焦燥《しょうそう》に包まれながら川を滑る船に身を任せていた。

石島町に近づいた。崎川《さきがわ》橋の袂にある船宿で船を下り、そこの女将に化け物屋敷のことを訊ねた。

「一橋《ひとつばし》家のお屋敷の向こうにあります。元はどなたかの別荘だったそうでございますけど、今は荒れ果ててひとも近づきません」

女将は心配そうに、

「お気をつけなさって」

と、剣一郎の背中に声をかけた。

船宿で借りた提灯を持ち、剣一郎は町屋を抜け、鬱蒼《うっそう》とした場所にやって来た。林の向こうに屋根が見えた。

近づいて行くと、壁も半分朽ち、門も壊れている。なるほど、これでは昼間でも薄気味悪くてひとが近づかないかもしれない。

葛城小平太が待ち伏せているのなら、提灯の明かりに気づいているはずだ。

入口に戸板が打ちつけられていたが、その戸板も半分壊れている。その割れ目から剣一郎は中に入った。

板の間に上がると、みしりと大きな音がした。

提灯の明かりを翳《かざ》す。破れ障子が倒れている。出の遅い下弦の月が光をもたらした。雨戸が壊れ、明かりが入り込んでいるのだ。

静かだ。剣一郎の息づかいと板の軋《きし》む音だけで、他に物音一つしない。

部屋は畳も朽ちてすえた異様な匂いがする。まだ、奥に部屋があるようだ。鉤《かぎ》の手に曲がった廊下をさらに行くと、渡り廊下に出た。

庭は雑草におおわれている。ふと奥に明かりが揺れているのが見えた。

剣一郎はそこに急いだ。

床柱に猿ぐつわをかまされて後ろ手に結わかれている人影があった。明かりを翳す。剣之助ではなかった。

「正助」

剣一郎は駆け寄った。正助の後ろ手の縄を解き、それから猿ぐつわを外した。

「旦那さま」

「剣之助は？」

「洲崎《すざき》の月見《つきみ》荘という寮に来いと」

「洲崎だと？」

「申し訳ありません。葛城小平太を追っていて……」

正助は泣きながら訴えた。

「よし。あとから植村京之進たちがやって来る。洲崎の月見荘だと伝えよ」

「はい」

剣一郎は大名の下屋敷の並ぶ堀沿いを洲崎に向かって走った。

洲崎弁天の境内《けいだい》にある茶店も灯は消えている。洲崎は海岸に面した風光明媚《ふうこうめいび》な場所だ。

剣一郎はまだ灯のついている料理屋に顔を出し、月見荘の場所をきいた。場所はわかったが、誰の寮だか知らないと言う。

波の音の聞こえる海岸縁《べり》の松林の中に建物が見えた。月見荘に違いない。まるで、剣一郎を誘いかけるように庭に面した障子に薄明かりが射していた。

剣一郎は枝折り戸を開けて庭に入った。敷石を踏み、格子戸の前で聞き耳を立てる。

格子戸がなんなく開いた。

「剣之助」

剣一郎は怒鳴った。

上がって、奥に進む。廊下は暗い。剣一郎は用心深く奥に向かった。廊下が軋む。

灯の点いている座敷に入った。

行灯の灯の下で、手足を縛られ、猿ぐつわをかまされた剣之助が倒れていた。

「剣之助」

剣一郎は駆け寄って助け起こした。

「父上」

しがみついてきた剣之助を抱き寄せた。

大人びたといってもまだ十四歳だ。

「安心せよ。葛城小平太は？」

「どこかにいるはずです。父上、葛城小平太には仲間の浪人者がおります」

「よし。立てるか」

剣之助を助け起こして部屋を出かけたとき、障子を突き破って槍が脇腹を襲ってきた。身を翻《ひるがえ》してかわし、

「剣之助、これで我が身を守れ」

脇差を鞘ごと抜いて剣之助に渡し、剣一郎は廊下に躍り出た。

槍を構えた浪人が再度突いてきた。剣一郎は剣を抜き放ち、槍の穂先を打ち払った。が、槍は素早く引かれた。

敵が庭に飛び出た。剣一郎も続く。

槍を斜め上下に、あるいは左右に動かし、機を窺っている。

剣一郎は半身正眼に構えた。相手は穂先を下げて上方で構えた。剣一郎は上段から斬り込む。槍は回転し、剣一郎の頭上へ打ち下ろしてきた。

素早く剣一郎は腰を落として剣で受け止めた。力と力の押し合いとなった。剣一郎は徐々に腰をあげながら槍をぐっと押し上げる。

相手も力を込めた。その刹那をとらえ、さっと剣を外し、半身を翻しながら相手の脇にぶつかっていくようにして胴を払った。

奇妙な唸り声を上げて、浪人が倒れた。胴から血が噴き出した。

「おのれ」

大柄な浪人が上段から斬りかかってきたのを横っ飛びに避けながら相手の腕を斬り落と

した。絶叫して、浪人がじべたをころげまわった。

もう一つ悲鳴が上がったのは剣之助が賊のひとりを斬り捨てたところだった。

「父上」

はじめてひとを斬ったのだろう、剣之助は興奮していた。

「青痣与力。今夜こそ決着をつけようぞ」

激しい声が夜陰に轟いた。

剣之助から目を戻すと、葛城小平太が月光を背に立っていた。

「葛城小平太。おぬしに斬られた与力三人の仇討ちだ。覚悟せよ」

剣一郎は剣を正眼に構えた。

「剣之助。おぬしに居合を教えてやる約束だったな。今、おまえの父親を相手に実戦で伝授してやる。いくぞ、青痣与力」

小平太は居合の構えに入った。左手で鞘口を抑え、鞘をひねって仕掛けてくる。

小平太の激しい心気の漲《みなぎ》りが伝わってくる。一撃にかけているのがわかった。にじり寄り、間合いを詰めてきた。

小平太の動きが止まった。十分に居合の間合いに達したのだ。攻撃に入る瞬間に隙が生じる。そこを付け込まれるのだ。剣一郎は正眼の構えを崩さず、無心の境地に入った。

風が草木を震わせている。

睨み合ったまま動かない。

剣一郎の正眼に構えた剣先はびくともせず、小平太の居合の構えの姿勢も微動だにしない。

剣之助が近づいてきた。小平太の視界に剣之助が入った瞬間、僅かに小平太に呼吸の乱れを見つけ、剣一郎は正眼に構えたまま足を踏み出し、突きに出た。

小平太は抜刀した。が、一瞬の間、小平太の刀が遅れた。剣一郎は剣を受け止めた。刃と刃が撃ち合い、すぐさま鎬《しのぎ》合いになり、さっと体が入れ代わった。その瞬間、剣一郎の剣が大きく弧を描いた。

小平太はしばらく剣を構えたまま立っていたが、やがて体が崩れた。

剣を逆手にとって小平太に駆け寄り、剣一郎は抱き起こした。剣之助もやって来て、小平太にしがみついた。

「葛城さま」

「すまねえ、剣之助。おぬしとの約束……」

小平太が切れ切れの声を出した。

剣之助が泣いていた。

「すまねえな。約束を果たせなくなっちまった。剣之助、よい与力になれ」

そう言ったあとで、小平太は口から血を吐いた。

「お見事でしたな」

背後で声がした。

破れ障子の陰から長崎屋惣右衛門が現れた。

「長崎屋。唐物屋を隠れ蓑に盗品買いをしていたのだな」

「さすが、青痣与力どの」

「盗品に少し手を加え、大名や大店の主人に高額で売っていたのであろう。高積見廻り与力の光岡征二郎はその秘密を掴んでいた。だから、口封じのために殺したのか」

「光岡さまには私どもの秘密を見逃す代わりに毎月多額のお手当てを差し上げておりました。ところが、光岡さまが手当ての増額を言い出されましてね。光岡さまはだいぶ生活が派手になられておりました。このままではいつか奉行所に目をつけられる。そうなれば、光岡さまの口から長崎屋のことが漏れる。危険の種はその前に潰しておかねばなりませぬから」

「そればかりではないだろう。光岡征二郎は内儀に手を出していた。そのことも、光岡征二郎を殺そうとした理由であろう」

長崎屋がゆっくり縁側から下りて来た。

「さしずめ、光岡さまは人間の屑《くず》ですな。あんな人間が大手を振って与力面《づら》をしているのですから、奉行所もたいしたことはないと思いました」

「光岡征二郎ひとりをやるために、何の関係もない与力ふたりを犠牲にしたことは許せぬ」

「あれは仕方なかったのでございますよ。光岡さまだけを殺《や》れば、光岡さまの背後関係を調べられ長崎屋とのつながりに目をつけられるかもしれません。その危険を避けるために偽装しなければならなかったのです。もっともそればかりではありませぬ」

「葛城小平太のことか」

「ご明察の通りにございます。葛城さまは与力に恨みを持っておりました。その与力に恨みを晴らすことに喜びを覚えておりました」

「小平太とはどこで知り合ったのだ？」

「江戸追放になったあと、葛城さまは高崎《たかさき》で暮らしていました。たまたま商用で高崎を訪れた折り、葛城さまと知り合ったのでございます。奉行所与力に対して異常なほどの憤りを持っていることを知り、何か役立つだろうと半年前に江戸に呼んだのでございます」

「おぬしに大きな誤算があったな。伊助のことだ」

「はい。まさか、計画を実行に移したときに、あんな事件が起こるとは思いもしませんでした」

「単に盗みに入ったってことだけではない。伊助が内儀と光岡征二郎を見かけていたことだ。あわてたのは内儀であろう。伊助の口から、亭主の留守中に光岡征二郎を家に引き入れていたことがばれちまうかもしれない。なんとしてでも伊助が捕まらないうちに、始末してしまおうと光岡征二郎に頼んだ。そして、光岡は始末屋の巳之吉に伊助の殺害を命じたってわけだ」

「そうです。あれは私には予想外のことでした。おまきは伊助の口から自分の不義が私にばれてしまうと思ったのでしょうが、浅はかなことでした。私は薄々感づいていたのですからな」

「伊助を殺そうとする動きがあったおかげで、ことの真相がわかった。あれがなければ、長崎屋。おぬしの偽装はうまく行っていたやもしれぬな」

「おそらく、一連の与力殺しが光岡さまおひとりを標的にしたものとは思われなんだでしょう」

死せる光岡征二郎が長崎屋を追い詰めたとも言える。

「早くから、おまきの不義密通を問い詰めておればよかったのかもしれない。そうすれば、番頭も殺されずに済んだものを」

「待て。どういうことだ。まさか、番頭は内儀が？」

「そうです。腹を刺されて倒れた番頭が刃物を握っているのを見て、盗人の仕業に見せかけようとしておまきが刃物を奪って刺したのでございますよ」

「それは誠か」

「誠でございます。一度、番頭に不義の現場を見られていたらしい。だから、ついでに番頭の口を封じたのでしょう。あれも恐ろしい女子《おなご》にございます」

長崎屋惣右衛門が懐から手を出した。

その手に短筒が握られていた。

「これは南蛮人から手に入れたもの」

銃口が剣一郎の心の臓に向けられた。扱い慣れているらしく、惣右衛門が手を伸ばして構えた銃身は微動だにしない。

「青痣与力もこれで終わりですな」

「待て」

剣之助が割って入った。

「剣之助、離れろ」

剣一郎は剣之助に言った。

はっと意を察したのか、剣之助が横に並び、脇差を構えて長崎屋と対峙した。

「長崎屋。おめえの負けだ」

「何を往生際の悪いことを。親子ともども、あの世に送ってやります」

長崎屋は銃口を交互にふたりに当てながら言う。

剣一郎は剣之助から離れるように徐々に横にずれた。

「引き金を引けば、おめえも最期だ」

剣一郎は剣を八相に構えて続けた。

「さあ、どっちから撃つ。同時に撃てまい。俺を撃った瞬間、剣之助の剣がおめえを襲う。剣之助を先に狙えば、俺の剣がおまえの脳天を裂く」

長崎屋ははっと気づいたように後退った。剣一郎は間合いを保つように前に出た。

「さあ、撃ってみな。撃つと同時におまえもおしまいだ」

剣一郎と剣之助が同時にぐっと前に出た。

「どうやら、相討ちのようだな」

剣之助がさらに足を踏み込んだ。惣右衛門が銃口を剣之助に移そうとした刹那、剣一郎の剣が唸りを上げた。

銃声が轟《とどろ》き、長崎屋の手から短筒が宙に舞い上がった。

うっと、剣之助が呻《うめ》いた。

「剣之助、だいじょうぶか」

惣右衛門に切っ先を向けたまま、剣一郎はきいた。

「大丈夫です。腕をかすっただけです」

剣之助は元気な声を出した。

「長崎屋。観念しろ」

惣右衛門は虚ろな目で膝から崩れ落ちた。

七

小伝馬町の牢屋敷から奉行所に連れて来られた英五郎が、与力の詮議所のお白州に引き出された。

座敷には吟味与力の橋尾左門が座っている。左門の背後の障子の後ろに腰を下ろし、障子の隙間から剣一郎は詮議の様子を窺った。

「英五郎、本日は再吟味をいたす」

筵《むしろ》の上に畏《かしこ》まった英五郎に、橋尾左門が声をかけた。

「まず、新たな証人をこれへ」

「はっ」

同心が伊助を連れてやって来た。まだ傷が痛むようだ。

英五郎が気づいて、顔を伊助に向けた。

「伊助」

そう叫んだあと、あわてて橋尾左門に向かって辞儀をした。

「英五郎、伊助、許す。思う存分、再会を喜べ」

「はい」

　ふたりとも同時に返事をしてから、お互い見つめ合った。

「親方。すまねえ、こんな目に遭わしちまって」

「伊助。よく約束を守ってくれた。さすが、俺の見込んだ男だ」

「とんでもねえ。あっしはそんな男じゃねえ。もっと早く出てくれば、親方をこんな苦しい目に遭わせることはなかったんだ。黙ってとんずらしようと思ったこともある。親方との約束を反故《ほご》にしようとしたんだ。俺って奴は……」

　伊助は自分を責めた。

「だが、ちゃんと約束を守ってくれたじゃねえか。俺のほうこそ、何度おまえを疑いかけたか知れねえ。そのたびに恩知らずだ、人間の屑だって、心の内で罵《ののし》ったことか。おめえが必死の思いで自首しようとしてたのも知らずに、俺のほうこそ情けねえ人間だ」

「親方」

　伊助は泣き顔で、橋尾左門に向かって訴えた。

「長崎屋に押し入ったのはあっしです。親方の知らないことなんです。親方はあっしを庇《かば》ってくれたんです」

「伊助。そのほうの取調べは別途行なうが、たとえそのほうひとりの罪と判明しても、英五郎はそのほうの罪を知っていて逃した罪は大きい」

「えっ」

伊助が絶句した。

「なれど、お上にもご慈悲がある。さよう心得、安堵するがよいぞ」

「はあ、ありがとう存じます」

伊助がじべたに額をつけるように感謝の念を述べた。

「伊助、そなたは英五郎に頼みがあるはずだ。これにて申してみよ」

「えっ、頼みでございますか」

伊助が不思議そうに顔を上げた。

「英五郎に話していないことがあろう。おらくのことだ」

「は、はい」

「伊助、八王子で知り合った女だな?」

英五郎がきいた。

「親方、あっしを支えてくれた女です。身寄りのねえ、不幸な女です。せっかくあっしと知り合いながら、またひとりぼっちになっちまいます。どうか、おらくの暮らしの立つようにしてやってくだせえ。親方、この通りだ」

「わかったぜ。おらくさんと言うんだな。おめえのかみさんだと思って面倒みさせてもらうぜ」

「すまねえ、親方。これで、あっしは心残りなくあの世へ旅立てます」

「これ、伊助」

左門が口を挟んだ。

「そなたが何か勘違いしているといけないので申しておく。殺された番頭は伊助の仕業《しわざ》ではないことが明らかになった」

「えっ」

伊助が目を見開いた。

「長崎屋の内儀おまきが白状した。伊助の刺した傷はたいしたものではなかった。が、そのあとでおまきが番頭の摑んでいた刃物を奪って番頭を殺したのだ。よって、この件で、心配する必要はない」

「ほんとうでございますか」

「そうだ。それに、おまきは盗まれたのは十両だと言っていたが、その額もはっきりしない。したがって、江戸所払いが妥当だと思っている。おっといけない。口が滑ってしまった」

今のことは、剣一郎が橋尾左門に言い含めたことだ。

「ありがとうございます」

伊助と英五郎が同時に頭を下げた。

久しぶりに非番で屋敷にいた剣一郎に訪れた者があった。原金之助の弟の金次郎であった。剣一郎はすぐに客間に金次郎を通した。

「おや、すっきりした顔をしているな」

「はい。このたびはいろいろありがとうございました」

「どうすることになったのだ?」

浮世絵師を目指していた金次郎は突然の兄の不幸に家を継がなければならなくなった。そのことで悩んでいたのだ。

「与力の道を進むことにしました」

「そうか。それはよかったと言いたいが、いいのか浮世絵のほうは? きっぱり諦められるのか」

「はい。気持ちの整理がつきました。いえ、今は亡き兄に代わり、私が原家を守っていかねばならぬという思いでいっぱいであります」

金次郎は若々しい声で言った。

「私は自分の気持ちを浮世絵師の道に進むということでごまかしていたのかもしれません。もはや、与力の職に就くことに何らの迷いはありませぬ」

「よかった」

が、本心で喜べぬことがあった。金之助の妻女のことだ。金次郎が家を継ぐとなれば、妻女は実家に戻ることになるのであろう。実家はちゃんと受け入れてくれるのか。

「一つ、訊ねてよろしいか」

剣一郎は金之助の妻女のこと訊ねた。

「はい、そのことですが」

金次郎は言いづらそうに顔を俯けた。

「何か」

「はい。原の家にずっといることになりました」

「そうか。それはいいが、いつかそなたが嫁をもらったら……」

照れている金次郎に、はたと気づいた。

「おい、金次郎。まさか、おぬしは？」

「はい。兄嫁をはじめて見たときから美しい方だと思っていました。兄嫁も私の申し入れにやっと頷いてくれました」

「そうか、よく決心した」

「はい。これも多恵さまのおかげでございます」

「なに、多恵の？」

「何かと相談に乗っていただきました」

「そうか、多恵が絡んでいたのか」

剣一郎は感心したように呟いた。

　金次郎が帰ってから、多恵を呼んだ。

「金次郎のことでは何かと世話を焼いたようだな」

「はい」

多恵はにこやかに答えた。

「ところで、剣之助はいかがしておる?」

「さあ。あのことをお気になさっているのですか」

「あのこと? 何のことだ?」

剣一郎はとぼけた。

「与力職を継ぎたくないと申したことでございます」

「ああ、あれか。あれなら心配はしていない」

「どうしてでございますか」

「そなたがいるからだ。そなたに任せておけば何の心配もいらない」

剣一郎は笑った。

「そうだ。明日の朝は久しぶりに剣之助を誘って銭湯に行ってみるか」

「それはよろしゅうございますね」

多恵が微笑んだ。

剣一郎は耳をかきながら、

「すまんが、耳掃除をしてくれないか」

と、照れ気味にきいた。

「誰か来ますよ」

「構うものか」

剣一郎は多恵のひざ枕で横になった。

多恵の膝の温もりは耳掃除より、そして初夏の陽射しより心地よかった。

解説――剣豪小説とミステリーのテクニック

末國善己《すえくによしみ》（文芸評論家）

一九八三年、オール讀物新人賞を受賞した『原島弁護士の処置』でデビューした小杉健治は、その後も日本推理作家協会賞を受賞した『絆』や吉川英治文学新人賞を受賞した『土俵を走る殺意』などを発表し、ミステリー作家として着実にキャリアを重ねていた。

水木邦夫や結城静代など弁護士を探偵役にすることから生まれる正義の追及と、社会的弱者へ向けられる優しい眼差しによって、新世代の社会派ミステリーの書き手として注目を集めていた小杉健治だが、一九九〇年代に入ると『元禄町人武士』や『七人の岡っ引き』といった時代小説も積極的に手掛けるようになる。ただ、日本のエンターテインメントの歴史を振り返ると、横溝正史『人形佐七捕物帳』や久生十蘭『顎十郎捕物帳』を持ち出すまでもなく、ミステリー作家が時代小説を書くことは決して珍しいことではない。その意味で、著者が時代小説に進出したのは必然と考えても間違いあるまい。

そして二〇〇四年九月に刊行された『札差《ふださし》殺し』からスタートした〈風烈廻り与力〉シリーズは、二〇〇五年一月に第二弾となる『火盗殺し』が発表され、それからわずか三ヶ月で第三弾となる本書『八丁堀殺し』が刊行されるハイペースで書き継がれたこともあり、著者の時代小説を代表する人気シリーズになっていったのである。

〈風烈廻り与力〉シリーズに初めて接する方のために、まずは物語の概要を簡単に説明しておきたい。本書の主人公・青柳剣一郎は、与力職を継いだ兄のもとで部屋住みに甘んじていたが、兄が殺されたことで図らずも与力になった人物である。だが、これは順風満帆《じゅんぷうまんぱん》な人生の始まりではなく、殺害現場にいたにもかかわらず、兄を助けることが出来なかった剣一郎は自責の念に嘖《さいな》まれることになる。そして心に傷を負いながらも、兄の遺志を継いで悪に立ち向かう剣一郎の複雑な心境が、物語に深みを与えているのである。

「風烈廻り」という役職には聞き覚えがないかもしれないが、実際に江戸町奉行所に設けられていた外役の一つで、風の強い日に火災の予防や放火をする可能性のある不穏《ふおん》な人物を取り締まることを任務にしていた。江戸の町は、明暦《めいれき》三（一六五七）年の振袖《ふりそで》火事や文化《ぶんか》三（一八〇六）年の牛町火事など、何度も大火に見舞われている。それだけに火の始末には、上は将軍家から下は町人までが注意をしていた。「風烈廻り」も、こうした背景から生まれた役職といえるだろう。あまり馴染《なじ》みのない「風烈廻り」を発掘し、その与力にふさわしい事件を作り出したところに、著者の慧眼《けいがん》を見て取ることができるはずだ。

剣一郎は心に傷を負っただけでなく、顔の刀傷が青痣《あおあざ》になって残っているため「青痣与力」の異名《いみょう》で呼ばれている。これは人質事件の捕物に出役した時に、単身で十人の賊と斬り合って負った傷である。この無謀な行為も、手柄を挙げるためではなく、兄を見殺しにした負い目から起こした蛮勇に過ぎないとされているのだ。剣一郎の顔の傷は、まさに悪に立ち向かう原動力になっているのだが、それだけでなく、額の三日月形の傷、通称「天下御免の向こう傷」がトレードマークになっている早乙女主水之介が活躍する佐々木味津三『旗本退屈男』へのオマージュであることも忘れてはならないだろう。

さて本書『八丁堀殺し』は、剣一郎が強風の江戸市中を見廻っていた時、同僚の原金之助と出会う場面から始まる。二人は挨拶だけで別れるが、その直後に金之助が斬殺されてしまう。小者の目撃証言から賊は居合の達人であることが分かるが、温厚で敵のいない金之助を殺す目的が分からない。賊は現場に「熊」の文字を残していたが、この意味も不明なままだった。同じ頃、剣一郎とも旧知の指物師《さしもの》の英五郎親方が、小石川にある長崎屋から金を盗み番頭を殺したとして捕縛された。英五郎は行方不明になっている弟子の伊助をかばっているようだが、決して事情を説明しようとはしない。英五郎の無実を信じる金之助は独自の捜査を開始するが、その矢先、奉行所には「熊五郎をお解き放ちせよ。さもなくば第二の犠牲者が出る」という脅迫状が届けられる。奉行が直々《じきじき》に注意をうながした直後、剣一郎も居合を遣《つか》う賊に襲撃されてしまうのである。

〈風烈廻り与力〉シリーズは、江戸柳生皆伝の腕を持つ剣一郎が悪に立ち向かう剣豪小説としても秀逸だが、もう一つ、犯人が計画した綿密な犯罪を合理的に推理して追い詰める謎解きの興味もあわせ持っている。特に本書は、八丁堀殺しと長崎屋強盗事件を始め、一見すると無関係に思える幾《いく》つもの事件がパズルのピースのように集まり、意外な真相を浮かび上がらせるプロットの妙だけでなく、死刑執行までに英五郎親方を救い出さなければならないタイムリミット・サスペンスまでが加わっているので、純粋なミステリーとしても遜色がないほどである。さらに物語のラストには、八丁堀の与力を連続して殺したのが、あるトリックを成立させるためだったことも分かるので、小杉健治がミステリー作家として培《つちか》ったテクニックが、すべて導入されていると言っても過言ではあるまい。

さらに本書が見事なのは、二つの事件だけでなく、剣一郎の家庭の事情までが事件にからみ、さらにサスペンスが増している点にある。剣一郎には、妻の多恵と嫡男《ちゃくなん》の剣之助、娘のるいがいるが、これまでのシリーズでは、家族とのエピソードは殺伐《さつばつ》とした事件に潤《うるお》いを与えるエッセンスという側面が強かったように思える。ところが本書では、剣之助が想いを寄せる御家人小野家の娘お志乃の家族が、青柳家と小野家では家格が違うと告げたことで、剣之助が与力を継ぐのをやめると言い出し、家庭内でも騒動が起こってしまうのである。

小説や映画の中では正義の味方として描かれる与力も、厳格な階級制度が敷かれていた江戸の武家社会では、一代に限って雇われる非常勤職員（ただし実際は引退したら子供に役職を引き継ぐことができたので世襲に近かった）的な下級の役人に過ぎなかった。ただ市中を見廻り、商家との付き合いが頻繁な与力は、盆暮れの付け届けなどもあり、余裕のある生活を送っている者が多かったので、周囲からは妬《ねた》まれることもあったという。

小野家の言いがかりに近い言動は、正確な考証から生まれたものだが、多感な剣之助は現実に打ちのめされ、働く意欲を喪失してしまうのである。仕事に対する複雑な問題は剣之助に限ったことでなく、最初に殺された原金之助の弟・金次郎も直面していた。原家の二男だった金次郎は、家督を継げないことから絵師になる修業をしていた。だが兄が殺されたために、与力となるか、長年修業をした絵師になるかの選択を迫られるのである。人間にとって働くこととは何かを問う思索は、やがて与力殺しの犯人を浮かび上がらせるが、それは事件解決の重要な鍵であると同時に、作品のテーマにもなっているのだ。

伝統的に終身雇用を採っていた日本企業も、バブル崩壊による経営危機によって、リストラと能力主義の導入を余儀なくされた。こうした社会の激変は若い世代を直撃し、正社員になりたくてもなれないフリーターや学校を出ても社会に出ないニート（NEET＝Not in Employment, Education or Training）を増大させたことは、改めて指摘するまでもないだろう。世間の評価を気にして自暴自棄になる剣之助や夢と現実の間で引き裂かれる金次郎の姿は、現代の（中でも若者の）労働問題を踏まえた設定なのである。

だが著者は、必ずしも働くことを前にして悩む若い世代を批判していない。確かに若者に向けて観念だけで社会を見るのではなく、まず実践してみることを勧めているが、それよりも大人が古い価値観を若者に押し付けることを戒《いまし》めているのだ。葛藤している若者にアドバイスはしても、余計な口を差し挟むべきではないとしたところに、数多くの社会派ミステリーの傑作を書いてきた著者の、厳しくも温かい社会認識を見て取れるはずだ。

作中では、与力を批判した剣之助を厳しく叱《しか》った剣一郎だが、彼自身も兄の悲劇がなければ無職のままでいる可能性があった。その事実に気付いた剣一郎は、もう一度、自分が与力であることの意味を問い直すことになる。つまり前二作が外側にいた悪を討つ物語だったとするならば、本書は剣一郎が自分の内面を探る物語になっているのである。

事件を通して剣一郎は、自分の来た道を振り返ることで一回りも二回りも大きくなっている。この剣一郎が次にどのような活躍をするのか。次回作からも、目が離せない。

八丁堀殺し

一〇〇字書評

切り取り線

購買動機（新聞、雑誌名を記入するか、あるいは○をつけてください）	
□（　　　　　　　　）の広告を見て	
□（　　　　　　　　）の書評を見て	
□ 知人のすすめで	□ タイトルに惹かれて
□ カバーが良かったから	□ 内容が面白そうだから
□ 好きな作家だから	□ 好きな分野の本だから

・最近、最も感銘を受けた作品名をお書き下さい

・あなたのお好きな作家名をお書き下さい

・その他、ご要望がありましたらお書き下さい

住所	〒				
氏名		職業		年齢	
Eメール	※携帯には配信できません	新刊情報等のメール配信を 希望する・しない			

この本の感想を、編集部までお寄せいただけたらありがたく存じます。今後の企画の参考にさせていただきます。Eメールでも結構です。

いただいた「一〇〇字書評」は、新聞・雑誌等に紹介させていただくことがあります。その場合はお礼として特製図書カードを差し上げます。

前ページの原稿用紙に書評をお書きの上、切り取り、左記までお送り下さい。宛先の住所は不要です。

なお、ご記入いただいたお名前、ご住所等は、書評紹介の事前了解、謝礼のお届けのためだけに利用し、そのほかの目的のために利用することはありません。

〒一〇一－八七〇一
祥伝社文庫編集長　清水寿明
電話　〇三（三二六五）二〇八〇

祥伝社ホームページの「ブックレビュー」からも、書き込めます。
www.shodensha.co.jp/bookreview

祥伝社文庫

八丁掘殺《はつちようぼりごろ》し　風烈廻《ふうれつまわ》り与力《よりき》・青柳剣一郎《あおやぎけんいちろう》

平成17年4月20日　初版第1刷発行
令和5年11月20日　第13刷発行

著者　小杉健治《こすぎけんじ》

発行者　辻　浩明

発行所　祥伝社《しようでんしや》

東京都千代田区神田神保町3-3
〒101-8701
電話　03（3265）2081（販売部）
電話　03（3265）2080（編集部）
電話　03（3265）3622（業務部）
www.shodensha.co.jp

印刷所　萩原印刷
製本所　ナショナル製本

Printed in Japan ©2005, Kenji Kosugi ISBN978-4-396-33223-5 C0193